JN132159

偽装恋人

超ハイスペックSPは狙った獲物を逃がさない

御厨 翠

Illustration
天路ゆうつづ

gabriella plus

偽装恋人 超ハイスペックＳＰは狙った獲物を逃がさない

contents

6 …プロローグ

9 …第１章　偽装恋人なんてありですか？

42 …第２章　初めてのキスは濃厚で

77 …第３章　あの人をもっと知りたい

114 …第４章　想いを確かめ合った夜

175 …第５章　幸せにしたい人

205 …第６章　ずっと、ずっと、愛してる

264 …エピローグ

274 …あとがき

gabriella plus

イラスト／天路ゆうつづ

偽装恋人

超ハイスペックSPは狙った獲物を逃がさない

プロローグ

　その日、都内の一等地にある外資系ハイクラスのホテル『le jardin《ル・ジャルダン》』バックヤードでは緊張《きんちょう》感が漂《ただよ》っていた。与党の大物議員の会談が、館内で行われるためである。

　ホテルの従業員である七海《ななみ》もまた、いつもとは違う雰囲気《ふんいき》を感じながらフロント業務に就《つ》いた。海外からのＶＩＰや各国の要人《ようじん》を受け入れることは多々あったが、何度経験しても慣れることはない。

　とはいえ、ホテルを訪れるゲストは議員だけではない。議員が向かうフロアや動線《どうせん》には一般客が紛れ込まないようにする必要があるため、館内全体が物々しい雰囲気に包まれていた。

　会談は二時間の予定で、大臣の到着は今から三時間後。だが、すでに大臣の秘書やＳＰたちが来館し、エントランスの片隅《かたすみ》でフロアマネージャーと打ち合わせをしている。その姿は、フロントにいる七海からはよく見え、なおさら緊張感を煽《あお》られた。

　ホテルに新入社員として入社して二年。その間ホテルでは、様々なＶＩＰや政府要人を迎《むか》え入れていたが、毎回仕事が滞りなく終えるよう祈っている。通常のゲストでも緊張感は変わらないのだが、物々《ものもの》しい空気感という意味では、政府要人は特別だろう。

チェックインの時間は外れているため余裕はあるものの、フロントは常に人目に晒《さら》される気の抜けない場所である。

周囲に気を配りながらちらりとエントランスの片隅に目を遣った七海は、ＳＰのひとりと目が合ってドキリとする。

（ずいぶん印象的な人だな……）

心の中で感嘆しつつ、そっと目を逸《そ》らす。

ブラックスーツに身を包んだその男は、エアーチューブ式のイヤホンをしていることからＳＰだとわかるが、そうでなければ警察《けいさつ》関係者だとわからない。むしろ、彼がＶＩＰだと思わせるような独特の存在感があった。

ほかよりも高い身長に、長い手足。明らかに日本人離れした頭身《とうしん》に、抜群の見目《みめ》だ。

ふたたび視線をそちらへ向けた七海は、思わず息を詰める。顔の造作《ぞうさく》が恐ろしく整った男と、なぜかまた視線が絡んでしまったから。

（え……）

男は七海を見据《みす》え、口角《こうかく》を上げた。すぐに表情を消したが、男の不敵な顔がしっかり記憶に刻《きざ》まれた。

目が合ったのはほんの一瞬のことなのに、さすがは美形だ。妙な感心をしていると、フロントの内線が鳴り、意識が切り替わる。

ＳＰという存在が珍しいから見入っていたわけではない。むしろ七海は、ほかの人よりも見慣れているといっていい。もっともそれは、仕事上ではなくプライベートで、なのだが。

だからこれは興味本位ではなく、純粋に件《くだん》のＳＰに見惚《みと》れていたことになる。

（まあ、たまにはそんなこともあるよね）

この二年間、異性に目を引かれたことなどなかった七海は、自分の反応に驚きながらも仕事へと戻るのだった。

第一章　偽《ぎ》装《そう》恋人なんてありですか？

都内でも有数の高級住宅地に居を構《かま》える香月邸《こうづきてい》は、その広さもさることながら、周囲の建物よりも警備《けいび》が厳重である。

それは、屋敷の主であり、七海の父である香月和夫《かずお》の職業に由来していた。

六月の中旬。自身の職場で外資系のホテル『ル・ジャルダン』から帰宅した七海は、帰ってそうそうに母の奈津子《なつこ》から、父・和夫が呼んでいると聞かされた。時刻は午後七時。いつもなら、まだ父は帰っていない時間である。

(珍しいな。お父さんから呼び出されるなんて)

七海はシフト制で働いているため、父とは同じ家に住んでいても頻繁《ひんぱん》に会うことはない。たまの休日に、食事を共にするくらいだ。

私室に戻らずリビングへ向かうと、ドアをノックして声をかけた。

「お父さん、七海です。用があるってお母さんから聞いて……」

声をかけながら中に入ると、ソファに父が、そして対面には男性が座《すわ》っていた。

（あの人……！）

父と共にいたのは、数日前に職場で見かけた印象的な男だった。

七海の姿を見た男は立ち上がり、流れるような所作《しよさ》で一礼する。和夫は、「勤務時間外なんだから畏《かしこ》まらなくていい」と男に告げ、七海に目を向けた。

「彼は、水嶋昂平《みずしまこうへい》くんだ。臨時《りんじ》で、私のSPを務めてくれることになった」

「警視庁《けいしちょう》警備部警護《けいご》課の水嶋です。よろしくお願いします」

腹に響《ひび》くような低い声で挨拶をされた七海は、「香月七海です」と自分の名を伝えた。

数日前に見かけたときは距離があったが、至近距離だと迫力が段違いだった。つい見惚れてしまうほど完璧な造作の顔もさることながら、百八十センチ以上ありそうな高身長。髪を軽く整えて前髪を垂《た》らしているのが、なんとも言えない色気を醸《かも》し出している。

スーツのボタンを外しているがベストを着ているため、着崩《きくず》している感じには見えない。上品な佇《たたず》まいで、彼自身がＶＩＰなのだと勘違《かんちが》いしそうになる。

「本日は、香月長官のSPに就任するにあたり、ご家族にご挨拶《あいさつ》をさせていただきたくお邪魔いたしました。以後、お見知りおきください」

「……ご丁寧《ていねい》にありがとうございます。こちらこそ、よろしくお願いいたします」

七海はホテルで培った美しい所作で頭を下げ、笑顔を浮かべる。

ＳＰ――セキュリティポリスは、要人の身辺警護を専門としている。警護対象者は、総理大臣をはじめ、各政党の代表者や海外の要人などだ。加えて、最高裁判所長官にもＳＰがつく。七海の父は最高裁判所長官を務めており、警護される立場なのだった。

父が長官に就任して二年経《た》つが、自宅を出てから帰宅するまでの間は常にＳＰに警護されている。しかし、彼らと七海が関わることはほぼない。和夫の出勤、帰宅時に迎えにくる担当者と時折顔を合わせる程度で、言葉を交わすことは稀《まれ》だ。

（挨拶をするためにわざわざわたしを待っててくれていたなんて、律儀な人だな）

見ればまだ三十代といったところだが、隙のない振る舞いや丁寧な応対が身についている。いかにもエリート然としている男だと思っていると、昂平がふ、と笑みを浮かべる。

「お嬢さんは、仕事中とは印象が違いますね」

「え……」

（覚えてたの……？）

ホテルのフロント業務に就いていた七海とフロアマネージャーと打ち合わせをしていた彼は、言葉を交わしたわけではない。ほんのわずかの間、目が合っただけだ。しかも七海は制服を着ていたし、仕事中は髪を纏《まと》めている。

今は、背中の中ほどまである髪を垂らしていた。纏めやすさを重視して前髪は作っていないため、二十四歳という年齢よりも大人びて見える。

髪だけでも印象は違うが、制服を脱げば〝普通の〟ゲストならまず気づかない。昂平は、人の顔を覚える術《すべ》に長《た》けているのだろう。

（あんな一瞬だったのに。これもＳＰの特技なの？）

彼が自分を覚えていたことに驚いていると、和夫もふたりに面識があったことに驚いたようで「会ったことがあるのか」と、昂平に問《と》うた。

「数日前、大臣の警護でお嬢さんが勤めているホテルに行ったので。そのときお見かけしたんですよ。お話ししたのは今日が初めてです」

「そうだったのか。いや、偶然《ぐうぜん》だな」

「ではご挨拶も済《す》みましたので、私はこれで失礼いたします」

昂平は和夫に頭を下げると、七海に目礼《もくれい》して脇を通り過ぎようとする。しかしそのとき、父から「水嶋くんを玄関まで送ってあげなさい」と告げられた。

承知した七海はドアを開け、昂平を送るため一緒にリビングを出る。彼を先導して廊下を進もうとしたところで、声をかけられた。

「お嬢さんは、お帰りになったばかりでお疲れでしょう。お気遣《きづか》いは無用ですよ」

「いえ、お見送りくらいさせてください。水嶋さんはわたしを待ってくださっていたんですよね。ろくなお構いもできずに申し訳ありません。これから父をよろしくお願いします」

七海の言葉に、彼はふと表情を崩《くず》す。

「では、お言葉に甘えて。……お嬢さんは生真面目《きまじめ》な方ですね」

「そうですね……融通《ゆうずう》が利《き》かないとプライベートではよく言われます」

つい零《こぼ》した七海は、ハッとして口をつぐむ。

よけいなことを言ってしまった。ここは馬鹿正直に受け答えせず、礼を告げて受け流すべき会話だ。けれど、そうすることができなかったのは、生真面目だといわれるゆえだろう。

そしてもうひとつ、受け流すことができなかった理由があった。

(もう二年も経っているのにな)

自嘲した七海だが、玄関に着いたため意識を切り替える。

「水嶋さん、今日はありがとうございました」

「こちらこそ。これからお世話になります」

微笑《ほほえ》んで応じた昂平は、「では」と、ドアに手をかける。しかし、首だけを振り向かせると、付け加えるように続けた。

「先ほどの『生真面目』というのは、褒《ほ》め言葉ですよ」

「え……」

「『生真面目』だと言ったとき、一瞬お嬢さんの顔が曇《くも》ったので。誤解があってはいけないとお伝えしたしだいです」

昂平は軽く頭を下げると、ドアを開けて出て行った。彼の言葉に答える間もなかった七海は、思わずその場に立ち尽くす。

『生真面目』というワードは、七海にとってあまり嬉《うれ》しい言葉ではなかった。けれど、昂平が悪い意味で言ったわけではないのはわかっていたし、態度に表していなかったはずだ。

（それなのに、あの人は……あんなに短い時間でわたしの変化を察知したんだ）

ＳＰの特異性なのか、彼の性質なのか定かではないが、他者の感情に敏感《びんかん》なのは確かだ。

（『褒め言葉』……か）

七海がそれを素直に聞き入れられないのにはわけがある。かつて婚約者だった男に、裏切られた経験があるからだ。

それは今から二年前。七海が、『ル・ジャルダン』に入社する前のことだった。

婚約者——後藤昭信《ごとうあきのぶ》は、母の実家が懇意《こんい》にしている病院の跡取り息子で、二十一歳のときに見合いをして婚約が決まった。七海が大学を卒業と同時に結婚という話が両家の間でまとまっていた。

七海は結婚に対してまだ実感が湧《わ》かなかったものの、相手方に強く望まれていたことや、後藤本人の熱烈なアプローチもあり付き合いを決めた。

交際は順調だった。それまで恋人がいなかった七海にとって、後藤との付き合いは新鮮だったし楽しかった。――あるとき、までは。

それは、交際が始まって二カ月経ったある日の出来事だ。彼との三回目のデートで、食事をした帰りに車で送ってもらった。しかし車が向かったのは香月家ではなく――ラブホテルだったのである。

驚いていると、車を駐車場に入れた後藤はそれまでと態度を豹変《ひょうへん》させた。

『一応、おまえの母親の顔を立ててお行儀よく二カ月も待ってやったんだ。そろそろヤラせろよ。俺たちは結婚するんだしいいだろ？』

後藤にそう告げられて、目の前が真っ暗になった。それまで紳士然としていた彼の本性は、女性を性のはけ口くらいにしか思っていない男だったのである。

七海も子どもじゃない。いずれはそういう行為をする日がくるのはわかっていた。けれど、それはお互いの気持ちが同じように高まってからだと、そう思っていた。

『お断りします。わたしは……少なくとも今、そういう気持ちになれません』

このまま部屋について行くわけにはいかないと、毅然《きぜん》と後藤に告げた。すると、断られると思っていなかったのか、男は不機嫌《ふきげん》もあらわに言い放つ。

『どうせおまえは処女だろ。ベッドの上で何もできないいんだから黙って足を開けばいいんだよ。結婚したら跡継《あとつ》ぎを作らないといけないんだし、今からセックスに慣れておけ』

これは後藤の本音だと、七海は思った。

たとえ見合いであっても、ふたりの関係を少しずつ深めていければいいと考えていただけに、彼の言葉はショックだった。

『生真面目なだけじゃ魅力に欠けるぞ』

そう言って手を伸ばしてきた男を払いのけ、七海は逃げるように車から飛び出したのである。

この一件で後藤と会うのが怖《こわ》くなり、就職活動を理由に連絡を絶った。けれど礼を失してはいけないと思い、今の状態では結婚に前向きになれないと伝えたが、相手から返事はなかった。

奥手だった七海は、恋愛事とは無縁の生活だった。そのため、もしかしたら自分が子ども染みているのかとも思った。彼の発言は正しく、自分が我儘《わがまま》で考え違いをしているのではないかとひとりで悩んだ。

ホテルに連れ込まれそうになったことは父母に言えなかった。ただ、『後藤とはしばらく距離を置きたい』と伝えた。婚約破棄《はき》を言い出せなかったのは、自分の判断に自信が持てなかったから。重大な決断をするには、もう少し時間が必要だったのである。

両親は何かを察したのか問《と》い質《ただ》すようなことはせず、『七海の好きにしていい』と見守ってくれた。

そして無事に内定をもらい、志望していた『ル・ジャルダン』に就職が決まったころ。七海は、衝撃《しょうげき》的な場面に出くわす。後藤が、見知らぬ女性の肩を抱いて歩いていたのだ。

明らかに友人の距離感ではなかった。こちらに向かって歩いてくる彼らを思わず凝視していると、七海に気づいた後藤が立ち止まった。

『やっぱりお嬢様は駄目だな。世間知らずだし、生真面目なだけで面白味《おもしろみ》がない。大人の女じゃないと抱く気も起きないよ』

七海に見せつけるようにして女性の身体を引き寄せた後藤に、ショックよりも失望した。

縁があって婚約したのだから、相手には誠実でいたかった。

けれど、彼はそうではなかった。一度セックスを拒否され、すぐにほかの相手に走る男だ。結婚しても上手《うま》くいくはずがないのは自明だった。

その後、七海は父母に後藤と婚約破棄したい旨《むね》を伝えた。その際、無理やりホテルに連れ込まれそうになったことや、ほかの女性と親密になっていたことも報告した。

相手の不貞《ふてい》行為による婚約破棄には慰謝料《いしゃりょう》が発生し、場合によっては浮気相手にも慰謝料の請求が可能だ。しかし、これ以上関わり合いになりたくなかったため、金銭の請求はせずに済ませた。

後藤の一件は、七海の心に傷を残した。

就職してしばらく経ってから、職場の同僚に告白されたこともあったし、新たな縁談話も持ち上がった。けれど、それらをすべて断っている。元婚約者の言動で、男性が怖くなったのだ。

（こういうの、男性不信っていうのかな）

苦い過去を思い返した七海は、我に返って私室へ向かった。

黒目がちの大きな瞳が印象的な顔立ちで、母親譲りの美女だと言われて育ったが、高校まで女子高だったのも影響し、同年代よりも奥手だ。そんな七海を見かねた両親が、見合い話を持ってきたのだが——さすがに、釣り書で本性は見抜けなかった。

（いい加減、なんとかしないと……お父さんやお母さんも心配するよね）

婚約破棄して以降、七海は仕事に没頭していた。せっかく希望する業界に就職できたのだから、色恋は今必要ない。そう考えてきたが、ここへきて考えを改める必要性を感じている。両親が、七海以上に婚約破棄の件を気にしているからだ。

もともとホテル業はシフト制で早朝勤務もあれば夜間勤務もある。かなりの激務といっていい。他業種と休日も合わないことから、出会いが極端に少ない。それに加え、七海自身が積極的に恋人を求めておらず、父母らの心配を払拭《ふっしょく》できずにいる。

職場では人間関係も良好で充実していたが、その一方でプライベートをおろそかにしていたのは事実だ。かといって、マッチングアプリなどを利用する気にもならない。

(どうすればいいんだろう)

七海はため息混じりに私室へ入り、頭を悩ませる。

いつまでも男性不信気味の状態では、父母に心配をかけてしまう。恋人を紹介できれば一番なのだが、残念ながら異性の友人すらいない。

職場の同僚には男性もいるものの、部署やシフトが違えば顔を合わせないことも多く、恋愛対象になりにくい。

(せめて男の人と気軽に話せるくらいにはならないと)

仕事上では普通に異性と関われるが、プライベートだと途端に及び腰になる。自信がないのだ。『生真面目』という元婚約者の言葉が、胸の奥に突き刺さり、いまだ抜けずにいる。

「……悩んでいてもしかたない。頑張ろう」

何をどう頑張るのか方向性すら見えないが、ひとりで悩んでいても解決しないのは確かだ。

父母たちにこれ以上心配をかけないように、なんらかの行動を取りたい。七海は心の中で自分を鼓舞し、その日は眠りについた。

翌日は、休日だったこともあり、美容院に出かけた。

毛先を整えるだけでも気分が変わり、昨日よりも前向きな気分だ。トリートメントで艶の増した黒髪を背中で揺《ゆ》らし、心持ち気持ちを弾《はず》ませながら街を歩く。

学生時代の友人は一般企業に勤めているため休日が合わず、社会人になってからは連れだって遊ぶことも減ってしまった。最初は寂《さび》しさもあったが、今ではすっかりひとりで行動する気楽さに慣れてしまっている。

（こういうところも、よくないのかもね……）

男性不信に加えて友人とも疎遠《そえん》になっているなんて、少々シャレにならない状態だ。

内心で苦笑しながらブラブラとショーウインドーを眺めていると、夏らしい色合いやデザインの服が多く飾られている。普段仕事で館内にいることが多く、季節を感じられることが少ないため、見ているだけでも楽しめる。

（あっ、このワンピース好みかも。だけど、通勤服にしては、可愛《かわい》らし過ぎるかな）

ショーウインドーの中の服は、オフショルダーのワンピースだった。ホワイトがベースでブルーのベルトがアクセントになっている可愛らしいデザインだが、プライベートで着用するほうがしっくりきそうだ。

（買っちゃおうかな。でも、着て行く場所もないし……）

　値段は予算の範囲内だが、七海は衝動《しょうどう》買いをしたことがなかった。店に入って気に入った品があったとしても、必ず数日考えてから購入《こうにゅう》する。そうして熟考《じゅっこう》していると、いざ買おうとしたときに売り切れていた、なんてことも一度や二度じゃない。

（夏物は着られる期間も短いし、今買わなくても困らないしね）

　そう思いながらも、ショーウインドーの前でしばらく考え込んでいたときである。

「香月さんのお嬢さんじゃありませんか」

　背中から声をかけて振り返ると、素晴らしく見た目のいい男性が立っていた。昨日、父の新しいSPとして紹介された水嶋昂平である。

（こうして外で見ると、格好よさが際立ってるな）

　思わず感心した七海は、ハッとして頭を下げた。

「こんにちは、水嶋さん。偶然ですね。今日はお休みですか？」

「本当はそのはずだったんですが、事務仕事があって半日だけ本庁《ほんちょう》にいました。お嬢さんはお休みですか？」

「はい。なので、ちょっと買い物に」

「ああ、どうりで熱心にショーウインドーを見ていたわけですね」

ふっと表情を崩した昂平に、ドキリとする。端整《たんせい》な顔立ちの男は、笑うと少し印象が柔らかくなった。会った二度とも仕事中だったせいかどこか近寄りがたさもあったが、今は緊張せずに話ができる。いずれにせよ美形はどんな表情をしても魅力的だと感心した。

「では、わたしはこれで」

いくら父のSPを務めている人とはいえ、自分とは直接関係があるわけではない。長々と立ち話をするのも憚《はばか》られると、七海は頭を下げて立ち去ろうとする。しかし足を踏み出そうとしたところで、昂平に引き止められた。

「いいんですか？　この服」

「え……？」

「熱心に見ていたので。店に入らないのかと」

昂平の問いに、七海は苦笑する。

「素敵だなって思っていたんですけど、通勤服にはならないし……着て行く場所もないので。勢いで買ってクローゼットにしまいっぱなしももったいないですし」

可愛いとは思うが、オフショルダーのワンピースは今まで着たことがない。選ぶ服ひとつ取っても冒険することはなく、結局買うのは今までと似たようなデザインだ。

こんなところでも性格が出ている気がして自重すると、昂平は「なるほど」と納得したようにひとつ頷《うなず》いた。

「それなら、試着してみるのはどうですか」

「試着……？」

「目を惹《ひ》かれたということは、気に入っていたわけでしょう？　着てみたら予想よりもずっと似合うかもしれないし、気に入る可能性もある。端から諦めてしまうのはもったいない」

思いがけないことを言われた七海は、返答をするのも忘れて目の前の男を見つめた。

諦めるのがもったいない、という考えは七海になかった。そんなことを言われたのは初めてで、目からうろこが落ちたような心地になる。

彼はショップのドアを開き、七海を促《うなが》した。少し迷いつつも、彼の後に続いて店に入る。

固辞することもできたがそうしなかったのは、少し冒険したい気持ちがあったのかもしれない。今までは一枚のTシャツを買うにしても、石橋をたたいて渡るどころか、橋をたたき割るくらい熟考を重ねていたから。

「すみません、そのディスプレイに飾ってある服を試着したいのですが」

昂平の振る舞いはスマートで、七海が口を挟む間もなく店員に話をつけている。

（なんだか、水嶋さんのペースに巻き込まれてる気がする……）

そう思いながらも嫌《いや》な感じがしないのは、彼が自分のために動いてくれているから。少々強引さは否《いな》めないが、七海がショーウインドーの前で迷っていたから一緒に店に入ってくれたのだ。きっと、面倒見がいい人なのだろう。

「では、試着室へご案内します」

スタッフに声をかけられた七海は、昂平を振り返った。

「ありがとうございます、水嶋さん。あとは大丈夫ですから……」

友人でも恋人でもない彼に、試着を待っていてもらうのも変な話だ。貴重な時間を割かせるのも申し訳ないと思い、ここで別れようと思ったのだが――

「乗り掛かった舟なので、ここで待たせてもらってもいいですか？」

昂平は、七海を先回りして試着に付き合うと言った。

「ご迷惑であれば、このまま失礼しますが」

「いえ……お時間があるなら、ありがたいですが……さすがに申し訳ないです」

「仕事は終わっているのでお気遣い無用です」

淀《よど》みなく告げられては、それ以上の固辞も失礼になる。

七海はもう一度礼を言い、スタッフとともに試着室へ向かった。

（……わたしは、警護対象でもないのに。どうしてここまでしてくれるんだろう？）

あくまでも彼は父を警護する立場で、ＳＰの警護対象にその家族は含まれない。それ以前に今は仕事外だと言っていた。ということは、昴平は個人的に七海に付き合っていることになり、それはそれで妙な感覚がする。

(今までSPの人と個人的に関わったことないしな……あの人が特別フレンドリーとか？　でも、そういう感じでもないし)

戸惑いながら試着室に入り、ディスプレイされていたワンピースに袖を通すと、鏡を見て自然と頬《ほお》が緩《ゆる》んだ。

(あ……いいかもしれない)

デコルテが出ているのが少し恥ずかしいが、上品なデザインで涼しげに見える。肌触《はだざわ》りもよく、動くと裾がふわりと広がるのが可愛らしい。

いつも通勤で着るのは機能的な服が多い。職場に着けば制服に着替えるからだ。仕事帰りに会う約束をするような相手もおらず、デザイン性を重視した服はあまり持っていない。

いつもなら選ばない服を着ると、髪を切ったときとはまた違う高揚感がある。

七海は純粋に嬉しくなった。ホテル勤務で身だしなみを整えるのは当然だったが、仕事に関係なくお洒落《しゃれ》をしようという気には最近なれなかったから。

「サイズはいかがですか？」

試着室の外から店員に声をかけられ、「大丈夫です」と答えると、服を購入することを伝えた。このまま着て帰りたいと希望すると、今まで着ていた服を包んでくれることになり、支払いのため試着室を出る。

（こんな風に勢いで服を買うなんて初めて）

購入手続きを済ませた七海は、急いで昂平のもとへ向かった。周囲の視線を浴びながら店内をぶらついていた彼は、七海の姿を認めると、ふ、と笑った。

「よくお似合いです」

「あ……ありがとうございます」

ごく自然に褒められて、ドキリとする。自分が気に入った服を着て、人に褒められるのはやはり嬉しい。それだけではなく、なんのてらいもなく褒められるものだから、くすぐったいような照れくさいような不思議な心地になった。

「お待たせして申し訳ありませんでした。この服、買うことにしました。水嶋さんの言うように、試着してみてよかったです」

彼がいなければこの服を買おうとは思わなかった。そう言う意味で、昂平は七海の背を押してくれて、気分の高揚《こうよう》を味わわせてくれた人物である。

「お役に立てて何よりです。自分が声をかけたせいで、買い物の機会を奪《うば》ってしまうのは本意ではなかったので」

昂平は、七海が気にしないような言葉を選んで話しているようだ。だから彼とは会話しやすいのだと思い至り、感心してしまう。

「あの、もしよろしければ付き合っていただいたお礼をさせてください。といっても、たいしたことはできませんが……」

彼とは顔見知り程度の関係で、偶然会っただけだ。それなのに、親切にも買い物に付き合ってくれたのだから、何か礼をしなければ申し訳ない。

七海の申し出に、昂平は少し考え込む素振《そぶ》りを見せた。やがて何かを思いついたのか、腰を折って七海の顔をのぞき込む。

「では、私が行きたい場所に今から付き合ってもらえますか？」

「もちろんです。どちらへ行かれるんですか？」

「スイーツバイキングです」

予想外の場所を提示され、七海は目を瞬かせた。


ショップを出た昂平と七海は、近くにある有名なスイーツ店へ足を運んだ。九割がた女性客が占める店内に入ると、席に着いたところで彼が微笑む。

「付き合ってもらって助かりました。男ひとりでこういう店は目立つので」

「スイーツがお好きなんですか？」

「じつは目がないんですよ。この店は、今月だけの限定商品があったので来たいと思っていたんです。お嬢さんと会わなければ、テイクアウトで我慢していたところでした」

「そうだったんですか……」

意外な素顔を知り、七海は内心で驚いた。限定商品をチェックするほどスイーツ好きには見えなかったのである。スイーツ店よりも、高級ラウンジで酒を楽しんでいるタイプに見える。それに、極上の容姿を持つこの男であれば、スイーツに付き合う女性など選《よ》り取り見取《みど》りのはずだ。

「水嶋さんがそんなにスイーツ好きだなんて、なんだか意外です」

つい素直な感想を漏《も》らすと、昴平が苦笑する。

「よく言われます。イメージに合わないと。でも、好きなものは好きなんです。たまに友人も誘うんですが、さすがに毎回誘っていると飽きられてしまって。変に目立つのも嫌だと断られるようになりました」

彼の説明を聞いて納得する。昴平がひとりで店に入ると、女性客の注目の的になりそうだ。今も近くの席の女性客が、ちらちらとこちらを見ている。七海がいてもこうなのだから、ひとりでいるときは推《お》して知るべしである。

「お嬢さんは、この店に来たことはありますか?」

「いえ、初めてです」

「よかった。ここは、チーズタルトが絶品なんです。以前、海外の要人に紹介したらとても喜ばれたので」

七海を促した昂平は、取り皿を手にケーキが並んだ皿のもとへ向かう。

様々な種類があり、見た目も華やかなケーキを前にどれを食べようか迷っていると、彼は次々に取り皿にケーキをのせていく。

(す、すごい。あれ全部食べるのかな)

昂平の取り皿には、見るからに甘そうなクリームがたっぷり使用されたケーキから、季節のフルーツをふんだんに盛り込んだ品までのっている。

「……驚きましたか?」

席に戻った昂平に問われ、つい正直に頷く。

『ル・ジャルダン』にもカフェがあり、季節に合わせたスイーツフェアも開催されているが、圧倒的に女性客が多い。男性が取り皿からはみ出そうなほどケーキを盛っている姿は、少なくとも七海は見たことがない。

（でも、見た目とのギャップのせいかな。話しやすい）

七海は不思議な心地で、昂平を見つめた。

仕事に関わりのない異性との接触は、この二年ほとんどない。むしろ自分から避《さ》けていた。それなのに、まだ出会ったばかりの彼とは普通に話せている。それはおそらく、ＳＰという彼の職種への信頼というよりは、飾《かざ》らない人柄に引きずられているのだろう。

「食べないんですか？」

「水嶋さんの食べっぷりを見ていたら、驚いてしまって」

七海がケーキを半分食べている間に、彼はすでに四つ目に口をつけている。量もさることながら、食べるスピードも異様に速い。

「職業柄、食事は早く済ませるように身に着いているんです。上品さに欠けますね」

「そんな！　水嶋さんの食べ方、とても綺麗《きれい》です」

食べるスピードが速いだけで、むしろ食べ方は上品である。彼だけ映像が早回しされているような印象だ。

感想を述べた七海に、昂平が虚を衝《つ》かれたような顔をして手を止めた。

「食べ方が綺麗とは初めて言われました。お嬢さんは優しい方ですね」

「そんなことは……あの、〝お嬢さん〟はやめていただけると助かります。それと、わたしのほうが年下なので敬語じゃなくて大丈夫ですから」

今、彼は仕事をしているわけではないし、あまり畏まって接されても落ち着かない。『お嬢さん』と呼ばれるのもそうだ。

昂平は七海の申し出に、ふと興味を惹かれたように口角を上げた。それまで見た表情ではなく、妙な色気を感じて心臓が撥《は》ねる。

「私は口が悪いので、敬語をやめると不愉快《ふゆかい》にさせてしまいますよ？」

「それくらいで不愉快にはなりませんから大丈夫です」

「では、遠慮なく。――もともとプライベートでは敬語じゃないからな」

自身の取り皿にあった大量のケーキを半分以上食べた昂平は、七海を見据えた。

「お嬢さん、じゃなかったらなんて呼べばいい？」

「お、お好きなようにどうぞ……」

「じゃあ〝七海〟で。俺のことも好きに呼んでいい」

彼の一人称が『俺』に変わって、なぜかドキドキする。呼び捨てにされたのも、なんだか照れくさい。あやうく赤面しそうになってしまい、慌ててケーキに口をつけた。

彼は『不愉快にさせてしまう』と言っていたが、今のところ不愉快な思いはしていない。むしろ、楽しい時間を過ごしている。ショーウインドーの前で声をかけられなければ、普段選ばないような服を購入することもなかったし、こうしてスイーツを食べることもなかった。

昂平と会ったことで、ひとりでは選択しない行動をしている。それは七海にとって新鮮で、妙に身構えることなく自然と話せていた。

「香月のお嬢さんは男嫌いだって聞いてたけど、そんなことないんだな」

あらかた皿の上のケーキを食べ終えた昂平は、思い出したように言う。

「いや、男嫌いっていうのは語弊があるな。男が苦手だと長官から聞いていたんだ」

「お父さん、そんなことまで話したんですね……」

やはり、二年前の婚約破棄の一件を父は心配していたのだ。申し訳なさで俯《うつむ》くと、昂平が取り成すように続ける。

「気を悪くしないでくれ。長官がおしゃべりってわけじゃない。ただ、SPとして家族の情報も聞いておく必要があった。前任者からの引き継ぎだけだとわからないことがあるからな」

和夫をフォローする昂平に、七海は「気を遣わせてすみません」と謝罪した。そして、自身が経験した出来事を語る。

「男性が苦手、というのは本当です。二年前に……相手の浮気で婚約破棄したので」

元婚約者に無理やりホテルに連れ込まれたことは言わず、ただ概要だけを説明した。昂平に『生真面目』だと言われて反応したのも、元婚約者に言われたことが原因だったことを隠《かく》さずに伝える。

「二年も前のことなのに、いまだに気にしているなんて情けないですよね。父や母にも心配をかけているので、なんとかしたいとは思ってるんです。でも、縁談を持ち掛けられてもその気になれないし、合コンに誘われても行く気にならなくて。……そんな自分が嫌なんです」

父母を安心させたいし、何よりも過去に囚《とら》われて前に進めないのが嫌だ。しかしそう思っていても、何も行動できない。服ひとつ買うのも熟考しているようでは、恋人を作るまでに何年かければいいのか。

「別に、無理して恋愛することないんじゃねえの」

「え……」

「あんたにとって二年前の婚約破棄は、それだけ大事件だったってことだろ」

彼の言葉に顔を上げる。そんな風に言われると思わなかった。自分ですら情けなくて自己嫌悪に陥《おちい》るのに、昂平は七海を否定しない。いや、彼と話していても、否定的な台詞《せりふ》はまったくなかったことに気づく。

(だから、話していて心地いいのかもしれない)

昂平は七海から視線を外さないまま、口角を引き上げた。

「無理に縁談を受けたり合コンに行かなくたって、両親を安心させる方法はある」

「どういうこと、ですか?」

「今の七海に必要なのはリハビリだ。元婚約者に裏切られて、男を信じられない。だから、男を信用できるようになればいい。けど、それまでにはもう少し時間が必要だ。だろ?」

その通りなので頷くと、昂平は不敵に言い放つ。

「俺が偽装恋人になる。七海は俺でリハビリすればいい」

「は……えぇっ!」

あまりにも予想外の提案をされた七海は、場所も考えずに声が大きくなった。周囲の視線を感じて肩を縮こまらせると、昂平を見つめる。

(恋人? 偽装? どうしてそんな話になるの?)

確かに七海にはリハビリが必要だ。しかし、それがどうして昂平と偽装恋人をする話に発展するのか。そもそも彼とは会って間もなく、個人的な接点は何もない。恋人云々《うんぬん》と言われても、さすがに戸惑う。

「なんだ、俺じゃ不服か?」

「そっ……そういうことじゃありません。だって、どうして偽装なんてそんな……」

「恋人がいれば両親も安心するし、七海もリハビリできる。何か問題あるか?」

なんでもないようなことを言われ、混乱する。昂平の言うことは間違っていない。このままでは恋人どころか異性の友人だってできない。かといって出会いもなく、自分から積極的に行動するほどの情熱もない。

「水嶋さんには、何もメリットがないじゃありませんか……」

昂平にとって七海は、警護対象の娘だ。偽装の恋人なんてメリットどころか厄介《やっかい》なだけではないか。それに、彼がそこまで自分に関わろうとする理由がわからない。

常識の中で生きてきて『生真面目』と言われる七海には、ノリでOKできる案件ではなかった。混迷を極めた七海に対し、昂平は至って冷静な態度を崩さない。

「SPの任務がどういうものか知ってるか？」

「もちろん知っています。警護対象者を身体を張って守って……」

突然の話題転換に困惑しつつ答えると、昂平は小さく首を振る。

「一般的なイメージはそうだろうな。けど、SPの真骨頂は、事前に危機を察知して取り除くことにある。自分が盾《たて》になって怪我《けが》をすれば、警護できなくなるだろ」

だから真の意味で『警護』とは、危険を予測して排除し、万全の状況に対象者を導くことだと昂平は語る。

「盾になるのは、あくまでも最終手段だ。だけど俺たちは、そうなる前に危険を察知するように訓練してる。厳しい訓練とそれまで培った経験、アクシデントにも即時対応する適応力があるから、対象者を守れる」

「……初めて聞きました。だから、大臣の会談のときに念入りに部屋をチェックしていたんですね」

初めて彼と出会ったときのことを思い返していると、昂平が頷いた。

「ＳＰには論理的思考も大事だ。けど俺は、直感も大事にしてるんだ。実際、理屈で説明できない勘《かん》が働いて危機を回避したこともある。その勘が、『七海と関われ』って言ってる」

迷いなどいっさいなく告げられて、ますますわからなくなる。七海は、考え過ぎるほど考えて、石橋をたたいてたたき割るくらいの性格だ。だから『勘』と言われてもピンとこない。そんなふうに勢いで行動することはなかったから。

「生真面目な七海には、勘で動く俺がちょうどいいくらいなんじゃねぇの。ああ、俺にメリットがないって言ってたけど、スイーツ巡《めぐ》りに付き合ってくれればそれでいい。それと、女避けだな。恋人がいるって知られれば、縁談を持ってこられずに済む」

「……水嶋さん、恋人がいないんですか？　好きな人も？」

警視庁のエリートでこれだけ容姿が優れていれば、恋人のひとりやふたりいても驚かない。むしろ、なぜいないのかが不思議だ。奥手で自分から行動できない七海とは違い、彼ならば即断即決で、目当ての女性を手に入れそうなものだが。

不思議に思って尋《たず》ねると、「いたら偽装の提案なんかしないだろ」と憮然《ぶぜん》とする。

「俺は、七海が男を信じられるようにリハビリに付き合う。七海は、俺のスイーツ巡りに付き合う。交換条件としては悪くない」

昂平は及び腰の七海にもぐいぐいと攻めてくる。答えあぐねていると、彼はふっと笑い、スーツのポケットから携帯《けいたい》を取り出した。

「返事は今すぐじゃなくていい。とりあえず連絡先を交換しよう」

「は、はい」

彼といると、考えに耽《ふけ》る間もなくどんどん話が進んでいく。自分ひとりではこんなに心が忙《せわ》しなく動くことはなく、それゆえの戸惑いが大きかった。


その後。店を出ると、昂平が家まで送ってくれることになった。夜更けでもないため最初は断ったのだが、「スイーツ店に付き合ってくれた礼」だと言った彼は、七海の服が入っているショップバッグを持って歩き出したのである。

「わたしが買い物に付き合ってもらったお礼に、スイーツバイキングに一緒に行ったのに。そのお礼だなんて変です」

最寄り駅から家までの道すがらで訴えたものの、昂平はどこ吹く風だった。「俺にとってはこれが普通」と答え、ゆっくりと歩調を合わせて歩いてくれる。

「あんたは遠慮しすぎなんだ。男が送るのは当たり前くらいに思っとけよ」

「だって、わざわざ申し訳ないじゃありませんか」

「そう思う女だから、なんかしてやりたくなるんだよな。浮気男のために苦しんでるのがもったいない」

話しているうちに、いつの間にか家が近づいていた。彼と話しているとあっという間だ。駅から家までは徒歩で十五分程度がかかるのに、体感的にはほんの五分くらいである。

湿気を帯びた風に髪を遊ばせながら、七海は彼を見上げる。

(不思議な人……一緒にいたのは短い時間なのに、すっかり打ち解けてる)

彼に敬語をやめてもらったのも理由だろうが、それ以上に水嶋昂平という人物は話しやすく、会話に困って何を話そうかと困ることがない。加えて、SPの習性なのか、エスコートに慣れているのだ。

一緒にいて心地いい。彼と過ごした数時間で、幾度となく感じている。

「送ってくれてありがとうございました」

家の門前に到着し、足を止めて礼を告げると、昂平がショップバッグを差し出しながら思い出したように言う。

「七海の覚悟ができたら、長官に付き合っていることを話す。その辺はしっかり話を通すから安心していい。……いい返事を待ってる」

なんとも答えられず曖昧に頷くと、バッグを受け取る。しかし次の瞬間、バッグを持った腕を引かれ、抱きすくめられた。

力強い腕と逞《たくま》しい胸に閉じ込められた七海は、驚いて顔を上向ける。

「水嶋さん？　あっ、あの……」

「リハビリの一環《いっかん》だ。これくらいしないと、恋人っぽくないだろ。それと、どうせなら〝水嶋さん〟よりも、名前で呼べ」

（まだＯＫしたわけじゃない、のに……）

そう思いつつも、抵抗はしなかった。彼の行動に性的なところは感じず、親しい人たちがするようなハグだったから。

昂平と関わったことで、かなりの勢いで状況が変化している。それまでの価値観をすべて覆しそうな彼の存在に、七海はなぜか少しだけ胸を高鳴らせていた。

第二章　初めてのキスは濃厚で

昂平と街で会ってから数日後の昼。七海はホテルのスタッフルームで携帯を見て戸惑っていた。メールと着信履歴のほとんどが、〝水嶋昂平〟の名で埋め尽くされていたからだ。

（水嶋さんって、マメな人なんだな）

『俺が偽装恋人になる。七海は俺でリハビリすればいい』――そう提案されてからというもの、ふと気づけば昂平のことを考えていた。

もちろん、仕事中は思い出す間はない。ただ、今のような休憩時間などに、彼の顔を思い浮かべてしまう。

（忘れる間もなく、連絡が頻繁だから……戸惑う）

連絡先を交換してから、昂平は一日と間を開けずメールをくれた。内容は取り立てて重要なものではない。『今、仕事が終わった』とか、『夕飯は何を食べた』とか、他愛《たあい》のない――本当に、些細《ささい》な連絡だ。

お互いに勤務時間が不規則で、通話はあまりしていなかったが、それでも彼は時間を見つけて電話をくれた。

なんの損得もなしに様子を気にかけてくれる昂平の言動を、七海は嬉しく思っている。男性不信のきらいがあり、どうしても異性に対して及び腰だ。しかし彼は、まだ『偽装恋人』になるかどうかの返事をしていないのに、急《せ》かすでもなく世間話をしてくれる。

（いい人、なんだよね）

父のＳＰというだけで、七海とはなんの関係もない。にもかかわらず、関わろうとしてくれている。彼によれば、七海のリハビリに付き合おうとしているのは『勘』らしいが、自分にはない積極性と恐れを知らない言動を羨《うらや》ましく思う。

「……ちゃんと返事しなきゃね」

いつまでも婚約破棄のことを引きずっていては、父母に心配をかける。わかっていながら何もできなかった七海にとって、昂平との出会いはいい契機になる。

昂平からのメールを眺《なが》めていた七海は決意すると、返信をした。『偽装恋人』の件をメールだけで済ませるのは提案してくれた彼に対し失礼になると考えて、会って話がしたい旨を記して送った。

都合が合わせやすいように、直近の自分のシフトの予定や休日も知らせておく。

（……水嶋さんの顔を見て直接返事をしよう。一歩を踏み出すために）

彼が手を差し伸べてくれる理由に納得できるかといえば、それは難しい。けれど、それを含めて昂平と関わり、理解すればいいと考えたのである。


その日の夜。更衣室で制服から私服に着替えているとき、着信音が鳴った。画面を見た七海は驚き、すぐに応答する。昂平の名が表示されていたからだ。

「もしもし？」

『仕事、終わったか？』

「は、はい……」

『なら、従業員用の通用口で待ってる』

用件だけを告げ通話が切れた。一瞬呆然《ぼうぜん》としかけた七海は、すぐさま着替えを再開させる。

（まさか、わたしがメールしたからわざわざ来てくれたの？）

ハーフアップに纏めていた髪を解き、メイクを直して身だしなみをチェックする。こんな風に仕事後に異性と会うのは久しぶりで、妙に緊張してしまう。

（今日会うなら、もっとちゃんとした格好をしてくれればよかったな）

ほぼ、家と職場の往復しかしないため、通勤服はシンプルだ。ベーシックな白の七分丈ブラウスに濃紺のスカートというういで立ち。着替えやすさを重視したコーディネートをしており、人と会うことを想定していない。

（こういうところも、水嶋さんとわたしの違うところだな）

思い立ったら即行動する彼と違い、七海はきちんと計画を立てるタイプだ。だから、こうした突然の事態には戸惑ってしまう。

とはいえ、彼がすぐに会いにきてくれたのは正直ありがたい。時間を置けば、『偽装恋人』を受け入れるかどうか、考え込んでしまうから。

バックヤードを行き交うスタッフと挨拶を交わし、急いで従業員用の通用口へ向かう。ホテルの正面玄関と違って目立たない場所にあるにもかかわらず、場所を把握しているのはさすがSPというべきだろう。

「水嶋さん……！」

彼の姿はすぐに見つかった。通用口から少し離れた場所にある時間制限駐車区間に停車している車のボディに寄りかかっていた昴平は、七海の姿を認めると軽く手を上げる。

急いで駆《か》け寄ると、彼は助手席のドアを開けてくれた。

「とりあえず移動する。何か飯でも食おう」

「わかりました」

七海が乗り込んだのを確認し、彼はドアを閉めてくれた。すぐに自分も運転席に収まり、車を走らせる。動きに隙がなく、流れるような動作だ。

初めて会ったときから、七海の視線はなぜか彼に吸い寄せられる。最初は、ハッとするような美形だからだと思ったが、それだけではない。無駄のない所作を含め、その場にいるだけで華のある存在感が人目を奪うのだ。

「なんだ、じっと見て」

視線に気づいた彼が、前を向いたまま問う。七海は慌てて礼を告げた。

「ありがとうございます、水嶋さん。お忙しいのに、わざわざ迎えにきていただいて。お仕事はもう終わったんですか？」

「ああ。今日は事務仕事と会議で本庁に詰めてた。現場に出ている場合はまだ終わってなかっただろうから、タイミングがよかったな」

七海に答えた昂平は、ふっと笑った。

「あんたからメールがきてから、急いで事務仕事を終わらせた。車で出勤していたし、迎えに行けると思って」

「そうだったんですね……すみません」

「俺が勝手にしただけだから、謝る必要ねえだろ。ＳＰに送迎されてラッキーくらいに思っておけばいい」

ＳＰはその任務形態から、卓越《たくえつ》した運転技術を有している。防弾《ぼうだん》装甲の車両に乗車し、隊列を組んで走行することもあり、警護対象者を迅速に乗降させるための厳しい訓練を受けていた。時に、各都道府県の警察署に赴《おもむ》いて訓練の指導を行うこともある。

昂平の運転は流れるようにスムーズだった。七海は免許を持っていないが、彼の技術が秀でているのは乗り心地でわかる。停車も発車もまったく乗り手にストレスを与えない。

ホテルから十五分程度車を走らせた昂平は、ビルの谷間にある駐車場に車を入れた。すぐに車から降りて助手席のドアを開けてくれる。洗練された動きに、ついぼうっと見入ってしまう。

「どうぞ?」

「あ……すみません」

彼に促された七海は、焦《あせ》って車から降りた。

昂平を前にすると、なぜだかあたふたしてしまう。仕事中はそんなことはないのに、ひとりで動揺している自分が情けない。

彼は七海の背に軽く手を添え、駐車場の目の前にあるビルに入った。階段で地階へ下りると、店の扉が現れる。

「ここは？」

「美味《うま》いスイーツを出してくれるレストラン」

端的な説明をした昂平は、扉を開けた。奥行がある店は落ち着いた雰囲気で、カウンター席とテーブルが数席あり、それぞれの席の間隔がゆったりと取られている。

慣れた様子で店の奥へ足を運んだ彼が席に着き、店員に目線で合図する。すると店員は心得たように、メニューを持ってきてくれた。

「ここは大抵の食事は美味い。シェフがフランスの三ツ星で修業していたそうだ」

「よく来るんですか？」

「時間が空《あ》いたときに、たまに来る程度だ。あまり人を連れて来たことはない」

どうやらこの店は昂平のお気に入りらしい。人に教えると、「店に来たときに知り合いと会う確率が増えるから嫌」だそうだ。ひとりになりたいときや、純粋に甘いものが食べたいときに訪れるという。

フランスで修業したというからフランス料理なのかと思ったが、メニューは街の洋食屋といった感じだった。意外な気がして彼を見ると、「面白いだろ」と昂平が笑う。

「知り合いの店なんだよ、ここ。コース料理とか出されたら来ないけど、変に畏まった店じゃないから気に入ってる」

「そうなんですね……」

端整な顔を崩して笑う彼を見て、ドキリとする。

（この人の笑顔、好きだな）

顔立ちが整っているからこそ、無防備に笑った顔はギャップがある。父を介して挨拶されたときには見られなかった表情だ。おそらくこれが、彼の素顔なのだろう。

気取らない口調と顔でいてくれると、自分も自然体でいられる。昂平との会話に心地よさを覚えていると、コック服の男性が歩み寄ってきた。

男性はテーブルに炭酸水を置き、昂平に声をかける。

「水嶋、おまえはどうせビーフシチューにキッシュ、スイーツはオランジェットだろ」

「コーティングのチョコはホワイトで」

男性に答えた昂平は、七海に目を向けた。

「この人がここのオーナーシェフの加藤《かとう》さん。高校の先輩なんだ」

「香月七海です。よろしくお願いします」

七海が挨拶すると、加藤は「こちらこそ」と笑った。浅黒い肌と下がった目尻が印象的で、昂平とはタイプは違うが野性味のある美形だ。

「いつも俺が来ても注文なんて取りに来ないくせに、今日に限ってどうしたんだよ」

先輩相手でも、昴平の口調は七海を前にしているときと変わらない。おそらく親しい間柄だから、敬語を使わないのだろう。

「決まってるだろ。おまえが女性を連れてくるって言うから、冷やかしにきたんだ。香月さん、安心してください。こいつがここに女性連れで来たのは初めてですよ」

にっこりと笑って告げられたものの、なんと答えていいか迷った七海は、「そうなんですね」と言うに留《とど》めた。すると加藤は可笑《おか》しそうに昴平を見ながら、「こいつは口は悪いけどいいやつですから」と、彼の肩に手を置いた。

「こんな顔して甘党だし、困ってるやつは放っておけない情の厚さもある。俺も、何度かこいつに助けられたことがありますよ」

「加藤さん、そういうのいいから。俺がいい人アピールするために、七海をここに連れてきたみたいだろ」

「なんだ、違うのか」

軽口をたたいた加藤は、七海が見ていたメニューに目を向ける。

「香月さんは、注文はお決まりですか」

「では、水嶋さんと同じものでお願いします」

「かしこまりました。少々お待ちください」

立ち去る加藤を眺めながら、自分が気負っていないことに気づく。

彼もまた、昂平と同様に話しやすい人だった。プライベート、しかも初対面の異性と話すときは緊張を伴《ともな》っていたが、加藤には妙な緊張を感じない。きっと、昂平と気の置けない仲だと伝わってくるからだろう。

「まったく。あの人は俺をからかうのが好きなんだ」

ため息混じりに肩を竦《すく》めた昂平だが、加藤を信頼しているのだと感じさせる表情だ。

「仲がいいんですね」

「まあ、可愛がってもらってる。俺が一番情けないときを知ってる人だから、頭が上がらないんだよな」

「水嶋さん、情けないときなんてあるんですか？」

意外だった。彼は隙のない佇まいと相まって、常に完璧な印象しかない。少なくとも、仕事上ではそのはずだ。

しかし昂平は、「それはあるだろ」と、炭酸水を口にし、七海を見つめた。

「職業柄、仕事中にはそんな風に見せないけどな。けど、職務を離れればただの男だ。甘いものには目がないし口も悪い。あんたも知ってるだろ」

「でも、それは水嶋さんの欠点や情けないところではないですよ」

つい反論するようなことを言うと、昂平が可笑しそうに唇を綻ばせる。

「うん。あんたなら、そう言うような気がしてた」

「それも、勘……ですか？」

「それだけじゃねぇよ。七海と話しててそう感じた。きっと、他人に対して優しいものの見方をするんだろうって」

昂平の言葉が、視線が、七海の心を射貫《いぬ》く。

思いがけない眼差《まなざ》しの強さに、うるさいくらいに鼓動が騒ぐ。『偽装恋人』の提案をされてから会うのは初めてだが、彼は答えを急かさない。代わりに、他愛のない話をして緊張を解いてくれるのが嬉しかった。

（でも……）

こうして見つめられると、なんだかいたたまれない気持ちになってくる。彼の視線が嫌なのではない。ただ、ひたすら恥ずかしいのだ。

「なんでそこで赤面するんだ？」

「……照れくさいんです。水嶋さんが、なんのてらいもなく褒めてくれるので」

「褒めてるというか、思ったことを言っただけだ」

ごく当たり前のように告げられて、ますます頬が熱くなる。

（やっぱり、ひとりであたふたしている気がする）

彼の言動は、事あるごとに七海を揺さぶる。それほど多く言葉を交わしたわけではないのに、なぜこうも喜ぶようなことを言ってくれるのか。

赤くなった頬を隠すようについ視線を逃した七海は、ふと、彼の袖口についているカフスボタンに目を留めた。

「変わった模様のカフスですね」

正式名称カフリンクス。十七世紀のフランスが起源とされ、当時は袖の装飾として、ゴールドやシルバーのボタンを鎖でつないでいたという。

もともとがドレスシャツなどの衣装の装飾だったことから、カフスをしているとフォーマルな印象が強い。

七海の感想に、昂平が自身の袖に目を遣った。

「これは、ＳＰ専用のカフスだ。警護対象者にはカフスをしている人たちも多い。彼らがなんらかのアクシデントで失くした場合に備えて着用するとされている」

「初めて知りました……ただの飾りではなかったんですね」

「ああ。今はフラワーホールの徽章《きしょう》は外してるから、これが唯一外から見てわかるＳＰの印《しるし》みたいなもんだな」

一見しただけではわからないが、カフスの模様はＳＰの特殊ロゴのようだ。興味深く昂平の話を聞いていると、注文した品が運ばれてきた。

「ここのキッシュがまた絶品なんだ」

昂平はよほど気に入っているらしく、料理が運ばれた先から口をつける。

気持ちいい食べっぷりだな、と七海は思う。そして、本当に自分が気に入った店に連れてきて、楽しい時間を共有しようとしてくれている。

「水嶋さんのお勧め、楽しみです」

変に気取らず、言いたいことを言ってくれるのはありがたい。何が本音で建て前なのかを考えずに済むからだ。

七海はバッグの中からシュシュを取り出し、うなじで髪をまとめた。それを見た昂平は、なぜか「いいな、それ」と口角を上げる。

「何がですか？」

「食事するときに髪をまとめるとこ。七海の性格が出てる」

自分の何気ない行動を褒められるとは思わずに、くすぐったい気持ちで礼を告げる。

以前、婚約者がいたとき。七海はずっと婚約者がどういう人間かを理解しようとしていた。

何気なく言ったひと言から、気持ちを推し量ろうとしていた。生真面目な性格と、初めて異性と付き合ったことも影響していたのだろうが、とにかく必死だった。

婚約者に〝必死に〟合わせて付き合うというのも変な話だ。今ならそう思うが、あのときは視野が狭くなっていて気づけなかった。

昂平と話していると動揺したり戸惑うこともあるが、一番感じているのは〝楽しい〟という感情だ。この前のショッピングといい、今日ホテルまで迎えに来てくれたことといい、常に驚かせられている。

（そういえば忘れかけてたけど、どのタイミングで切り出せばいいんだろう）

昂平に連絡を取ったのは、『偽装恋人』の件について承諾を伝えるためだ。しかし今のところ、ただ普通に会話と食事を楽しんでいるだけだ。

（こんなのまるで、ただデートしてるみたい）

それとも、これは昂平にとって普通なのだろうか。食事をしながら考えていると、彼がこちらを見ていることに気がついた。

「……水嶋さん？」

「こんな風にのんびりと食事をするのもいいな」

「え……」

「いつもは、大概〝食事〟っていうんじゃなく〝摂取〟って感じだから」

「ゆっくり食べられない、ってことですか?」

「警護中はそう。俺らは、警護対象者の〝物言わぬ壁〟じゃなければならない。自分たちの生理現象で警護対象の行動に影響を及ぼさないようにする必要がある。車に同乗するときも、食事に同行するときも」

用を足す時間を極力減らすために、水分の摂取にも気を遣うという。彼の話を聞きながら、七海はこれまで父の警護をしてくれていたSPたちの苦労を知った。

「大変な思いをして護《まも》ってくださっていたんですね……」

「俺は管理する立場だからそうでもない。現場のやつらはもっと苦労してるだろうな」

警護課は四係に分かれ、一係は内閣総理大臣、二係は国務大臣、衆参両院の議長、最高裁判所長官、三係は国賓《こくひん》、四係はその他の要人を担当する。来日した要人の警護の場合は外国語にも堪能《たんのう》でなければならず、いずれの警護にあたる場合も求められる能力は多い。

身長は百七十三センチ以上、柔道、もしくは剣道三段以上でなければならない。また、SPはその性質から拳銃《けんじゅう》を携帯して任務に就くことから、射撃《しゃげき》にも優れている必要がある。崇高な使命感を持つエリートの中のエリート。それがSPというわけだ。

昂平自身も語学は堪能で、英語のほかに中国語、フランス語、ドイツ語なども習得しているらしい。

聞けば聞くほどに重責を担《にな》い、神経をすり減らす仕事だ。七海はつい聞き入ってしまう。

「自分とまったく違う職種のお話は興味深いですね」

「俺も七海の話を聞きたい」

「え……」

「今日の昼何食った、でもいいし、こんな客にムカついた、でもいい。聞かせろよ。俺は、あんたのことが知りたいんだ」

そんなことを言われたのは初めてだった。元婚約者にすら、興味は持たれなかった。だから自分は、生真面目なだけでつまらない女なのだとどこか卑屈《ひくつ》になっていた。

それなのに昂平は、七海の劣等感を掬《すく》い上げてくれる。

「面白い話はできませんよ？」

「七海のことが知りたいんであって、面白さは求めてねぇよ。変なこと気にすんな」

彼らしいぞんざいな口調だったが、嫌な気分はしない。やはりそれは、昂平の人柄なのだろう。エリートであることを鼻にかけず、しっかり人と向き合う男。

気兼ねせずに会話ができるのは、昂平が相手だから。改めて自覚する七海だった。

食事を終えると、昂平は家まで送ると言ってくれた。彼は食事代も払ってくれたため、これ以上世話をかけられないと固辞したのだが、「俺が付き合わせたんだから送るのは当然だろ」と取り合ってくれなかった。

（おまけに、わたし……ホテルまで迎えに来てもらっておきながら、肝心の話をしてない）

他愛のない会話が楽しくて、『偽装恋人』の件を切り出すことができなかった。彼もおそらく七海の話というのが何かを察しているだろうが、あえて聞いてこない。甘いものに目がない口の悪い男は、そういった表面に見える部分以外の優しさがあった。

話を切り出せないうちに、車は自宅近くの路地に入った。停車させた昂平は、シートベルトを外して七海に目を向ける。

「家の前まで送り届ける。ちょっと待ってろ」

「あ、あの！」

言うなら今、このタイミングしかない。決意した七海は、車を出ようとした昂平を引き止めると、緊張しつつ告げた。

「……今日は、この前水嶋さんに提案していただいた件について、お返事しようと思ったんです。電話で済ませるのは、失礼だと思ったので」

「そうだろうと思ってた。で、決めたのか」

「はい」

七海は昂平から目を逸らさずに、決意を口にした。

「改めてわたしからお願いします。父母を安心させるために、『偽装恋人』になっていただけますか」

「俺から提案したんだ。もちろん、いいに決まってる。ちょうど明日、長官の警護だ。時間が空いたら俺から話しておく」

緊張している七海に反し、昂平の態度はまったく変わらなかった。自分ばかり意識していたのかと思うと拍子抜けし、大きく息をつく。

たとえ偽装とはいえ、異性と交際するのは七海にとって大きな決断だ。だが、彼と会ったことで、ようやく二年前に止まってしまった時間が動き出した気がする。

「ありがとうございます、水嶋さん。なるべくご迷惑をかけないようにしますが、わたしに何か至らないところがあったら言ってくださいね」

何せ、七海の交際経験といえば、元婚約者だけである。それも、ごく普通の恋人というよりは、〝見合い相手〟という意識が強かった。だから、恋人がどういう存在なのかは知っていても、振る舞い方がいまいちわからない。

「迷惑なんていくらでもかけろよ」

七海の言葉に、昂平は不敵に微笑んだ。

「というか、迷惑なんて考えるな。俺は、あんたに関わりたいんだって言っただろ。リハビリになるなら、なんだってしてやる」

「……ありがとう、ございます」

力強い言葉だった。そこに偽《いつわ》りはなく、力になってくれようとしているのが伝わってくる。しばし、ふたりで見つめ合う。昂平を至近距離で見ると、意志の強い眼差しに吸い込まれそうになる。

どうしていいかわからないまま身動《みじろ》ぎもできずにいると、不意に彼が身を乗り出してきた。

「今から俺はあんたの恋人だ。〝水嶋さん〟じゃなく名前で呼べよ。親しくしておかないと、両親に偽装だってバレるぞ」

「わっ、わかりました」

「それと、もうひとつ」

昂平の指先が、頬に触《ふ》れる。どきりとしたとき、薄く唇を開いた彼は、七海の後頭部を引き寄せると、ごく自然なしぐさで口づけをした。

「んっ！」

突然のことに、七海は瞳を閉じることさえせずに茫然《ぼうぜん》とする。頭の中が真っ白になって何も考えられないのに、唇の感触だけがやけに生々しく感じられる。

角度をつけて触れるだけのキスをした昴平は、唇を離すと口角を上げた。

「恋人になったからには、ある程度のスキンシップはするから。そのつもりでいろよ」

「ど、どうして……」

「何もしないとリハビリにならないだろ。俺のキス、嫌だったか？」

探るように尋ねられ、とっさに首を振る。

嫌だとか怖いとか、そういった負の感情はなかった。ただ、ものすごく驚いただけだ。彼は、リハビリのために尽力しようとしてくれている。だからこそ、信頼できるのだ。この男は強引だけれど、七海が本気で嫌がることをしないだろう、と。

「嫌じゃないならいい。これから何度もするし、徐々に慣れていけばいい」

(それって、キスを何度もするってこと？　キスは〝ある程度〟のスキンシップなの？)

混乱して彼を見つめると、昴平が不敵に笑う。

「いいか、七海。俺は、元婚約者みたいにあんたを悲しませたりしない。絶対に浮気なんてしないからそれだけは覚えておけ」

「は……ンッ」

返事をしようとしたけれど、途中で遮《さえぎ》られた。昂平にふたたび唇を奪われたのだ。

先ほどの触れ合わせるだけのキスと違い、今度は口腔《こうこう》に舌を挿《さ》し入れられた。柔らかな舌の感触に肩を震わせると、優しく粘膜《ねんまく》を撫《な》でられる。

いやらしいキスだった。けれど、やはり嫌だとは思わない。力ずくで無理やりされたなら恐怖だろうが、彼はそうしなかった。触れているのは唇だけで、七海が少しでも身動ぎすればキスが解けるように、逃げ道を用意してくれている。

（こんなの……ずるい）

まるで、七海の本心を確かめるような口づけだ。

昂平を受け入れるのが嫌ならば、自分から離れればいい。選択肢を残されていながらそうしないのは、彼と『偽装恋人』になると決意したから。協力してくれる昂平に応《こた》えられるように、努力したいと思ったからだ。

舌の表面と裏側を隈《くま》なく舐《な》められて、背筋がぞくぞくする。生温かい舌が口腔を這《は》うと力が抜けていき、思わず彼の腕をぎゅっと掴《つか》んだ。

「んっ、んんんっ」

ふたりの舌が七海の口内で絡み合い、唾液《だえき》が溜《た》まってくる。くちゅくちゅと掻《か》き回すような動きで舌を動かされ、身体の奥に水音が響く。

元婚約者とは、性的な触れ合いはいっさいなかった。デートを何回かしただけで、手すら繋《つな》いだことはない。にもかかわらず、ホテルに連れ込まれたものだから、よけいに不信感が募《つの》った。信頼できなくなってしまったのだ。

昂平は驚くほどに強引だけれど、自分の都合を押しつけたりはしない。奥手の七海を上手にリードしてくれるから、一緒にいて心地いい。

彼はねっとりと七海の口腔を味わい尽くすと、最後に上唇と下唇を軽く噛《か》んでキスを解いた。至近距離で見つめられ、心臓がぎゅっと鷲《わし》づかみにされた心地になる。

「恋人のキスと距離感、覚えておけよ」

昂平の言葉に、七海は顔がゆでた蛸《たこ》のごとく赤くなり、この先自分の心臓はもつのかと心配になった。

＊

七海と『偽装恋人』になった翌日。昂平は、七海の父である最高裁判所長官・香月和夫の警護についた。

警護は基本的に、ふたりひと組体勢で行われる。昂平の相棒は、新人ＳＰの小室《こむろ》という男だ。

短髪に鋭《するど》い眼光と、プロレスラーのごとき体格を持つ将来有望な人物である。

　本庁でSPの標準装備である拳銃と特殊警棒を携帯すると、一気に意識が引き締まる。イヤホンを耳に差し込み、無線機をスーツの胸にしまう。一連のルーティンで、水嶋昂平という一個人から、SPへと気持ちを切り替えるのだ。

　ちなみに防弾チョッキやブリーフケース型の防弾盾もあるが、これらはよほどのことがなければ出番はない。指令がない限り、使用するのは訓練時のみとなっている。

　小室に運転させて発車すると、道路状況を目で確認する。香月邸までのルートで渋滞や事故の情報がないかは事前に情報を得ていた。仮にアクシデントがあったとしても、数ルートをパターン化した裏道《うらみち》も頭に入っている。

「そういえば、水嶋さんって都内の裏道はすべて把握《はあく》してるって先輩に聞いたんですけど本当ですか？」

　小室の問いに、昂平は頷く。

「SPに配属されたときに、休みを使ってよく都内の裏道を歩いていたな。車に乗っているだけではわからないこともある。……まあ、受け売りだけどな」

　自分の足を、目を、耳を、五感を使って対象者を警護するのは、昂平の仕事の姿勢でありポリシーだ。それは、自身がこの道に進むきっかけとなった人から教わった。

『警護要則の第3条を言ってみろ、水嶋』

『警護は、警護対象者の身辺の安全を確保することを本旨《ほんし》とする。2項　警護の実施に当たっては警護対象者の意向を考慮しながら諸般の情勢を総合的に判断して、形式的に流れることなく、効果的かつ計画的に、これを行うようにしなければならない。——ですよね』

『そうだ。俺たちSPは、物言わぬ壁だ。しかしただの壁じゃない。警護対象者の安全の担保のためにあらゆる可能性を想定し、常に五感を研ぎ澄ませていろ。このSPバッジに恥じない強固な〝壁〟におまえならなれる』

その人から言われたことは、今でも昂平の心に残っている。

SPの任務に『失敗』の二文字はない。いや、あってはならないのだ。任務の失敗は、すなわち警護対象者の安全を損なったということ。あるのは、百パーセントの任務成功。何事もなく対象者を無事に護りぬくこと、それ以外は求められていない。

「水嶋さん、仕事熱心ですよね。三係で国賓の警護のときも、名指しで相手国から指名されたっていうし。それに、射撃の腕も運転技術も訓練で毎回トップの成績だったんでしょう？　警察学校にいたときの成績だって」

「俺を褒めても何も出ないぞ。——ほら、仕事の始まりだ」

雑談を交わしているうちに香月邸に到着し、小室を車に待機させて玄関まで向かう。午前八時ジャストに扉が開き、長官が出てきた。

「おはようございます」

「おはよう、水嶋くん」

昂平は仕事時の振る舞いで和夫に挨拶し、隙のないしぐさで車まで先導する。

和夫が玄関から車に乗るまでの時間は、毎日寸分も違わず同じである。これは、ＳＰが車のドアを開ける角度から姿勢、立ち位置まで訓練でたたき込まれているためだ。

後部座席に和夫が乗り込むと、ドアを閉める。昂平が任務につくとき、彼は昂平をとなりに座らせる。ＳＰを鬱陶しがる要人もいる中で、和夫は風変わりといえる。

「相変わらず時間に狂いがないね」

腕時計に目を落として鷹揚《おうよう》に笑う和夫に、「恐縮です」と応じる。今日の予定を軽く確認すると、「プライベートなことですが」と前置きし、短く告げる。

「お嬢さんの〝リハビリ〟にお付き合いすることになりました」

それだけで通じたのか、和夫は目を丸くした。

「そうか……それはめでたいな。頼んだよ」

「承知いたしました」

車窓《しやそう》に目を配りながらも、恭《うやうや》しく返事をして目礼する。

（筋は通した。これで七海と、もっと距離を縮められる）

和夫に、〝リハビリ〟だと告げたのには訳がある。もともと昂平は、彼から七海の件で相談を受けていた。むろん、ＳＰとしてではなく、水嶋昂平個人にである。

（まあ、香月長官に頼まれなくても七海とは付き合うつもりだったけどな）

心の中で考えていると、和夫がふっと笑った。

「ところでお兄さんは元気かい？」

「最近は会っていませんが。数日前に電話で話したときは元気そうでした」

「そうか。よろしく言っておいてくれ」

昂平が首肯し、会話はそこで終了した。和夫に電話がかかってきたのだ。邪魔をしないよう〝壁〟に徹しつつ、七海の顔を思い浮かべる。

つい最近まで仕事でも接点のなかった和夫からなぜ昂平が相談を受けるに至ったか。その理由は簡単だ。以前、水嶋家と香月家の間で縁談の話が上がった。それも、縁談は昂平が望み、香月家に縁のある仲人を通じて申し込んでいる。

しかし、この話は七海の耳に入る前に立ち消えになった。彼女は婚約破棄をしたばかりで傷が癒《い》えず、見合いができる状態ではなかったのである。

昂平の実家は、『水嶋ホールディングス』という名を冠した会社を経営している。外食産業を基幹とした事業展開で、社名は各世代に周知されている大企業だ。

会社は兄の晋平《しんぺい》が継いでいるため、昂平は実家の事業に携わることなく独自の道を歩んだ。仕事に関しては家族も口を出すことはなく、互いの生活を尊重している。七海との見合いを望み、実家に話を通したときも協力してくれた。

昂平は、長官のＳＰに配属された時点でこれまでの経緯を和夫に明かした。たいそう驚いていたが、娘を心配する父親として七海が婚約破棄された傷が癒えていないと昂平に相談してきたのだった。

（長官はそれでも不思議そうだったが）

水嶋ホールディングスの御曹司であり、警視庁のエリートＳＰの昂平と七海の接点は、普通に考えれば見つからないだろう。それは、昂平だけがわかっていればいい話だ。

七海との見合いを望む前も、何度か実家から見合いが持ち込まれた。しかし昂平はそれらをすべて断っている。仕事を優先させたかったし、何よりも自分が家庭を持つイメージが浮かばなかった。

四万六千人を超える職員数の中で、ＳＰの人数は後方支援含め約三百人。警視庁でも選《え》りすぐりの身辺警護のスペシャリストであるＳＰの任務には、危険が付きまとう。銃の携帯が許されているのがその証《あかし》だ。

だからこそ、大事な存在は作らずに職務に邁進《まいしん》してきたのだが――七海と出会った。彼女は覚えていないようだが、昂平にとっては大切な思い出だ。

（ようやく手に入れられる位置まで近づけたんだ。遠慮はしない）

昂平はそこで意識を切り替え、物言わぬ壁として任務に徹した。

＊

昂平に、偽装恋人の件を話して十日後。制服から私服に着替えた七海は、更衣室にある鏡に映る自分を見て妙に浮わついているような気がしてため息をついた。

このところ、ふとした瞬間に昂平と交わしたキスを思い出している。婚約者がいたときでさえこんなことはなかった。それだけに、自分の変化に戸惑っている。

（偽装恋人、か……思えば、大胆な決断だったな）

七海の人生において、いわゆる冒険と呼ばれる行動はほとんどない。元婚約者に『生真面目なだけじゃ魅力に欠ける』『面白味がない』と言われるくらいだ。けれど、そんな自分を恥じたことはない。ただ、他人には――異性には、評価されないのだと理解はした。

（それなのに、あの人は『褒め言葉』だなんて……）

元婚約者の言動に、自分で思っていた以上に傷ついていた。そう気づかせてくれたのは、昂平だ。時に困惑するほど強引な男だが、彼の優しさに触れ、自然と心が凪《な》いでいる。

（あの人と一緒にいると、自然体でいられるのかも）

異性に対して警戒してしまう七海に対し、否定するでもなくするりと懐《ふところ》に入ってくる。今まで接した異性の中で断トツに話しやすい。つい、彼を思い出して笑顔になるほどに。

婚約破棄をして以来、仕事中はもちろん、プライベートでも本気で笑えていなかった。そういう意味で、昂平との出会いは七海にいい影響をもたらしている。

彼は行動も早く、『偽装恋人』を承諾した翌日には、付き合うことになったと父に伝えてくれた。昂平からの報告を受けたときは、あまりの行動の素早さに驚いたものである。

（連絡を待つ、なんて久しぶりだな）

昂平は、忙しい身でありながら連絡はマメだった。それも、彼のことを考える時間が多くなっている一因だ。直接電話ができないときはメールを入れてくれる。特別な用事がなくても、『お疲れ』とひと言くれるだけで七海は嬉しかった。

今日は忙しく休憩時間も携帯をチェックする暇はなかったが、昂平からの連絡はなかった。彼は休日以外は夜に連絡をくれることが多いのに、つい確認してしまう。

「香月、お疲れ」

「お疲れ様です、先輩」

七海が携帯をチェックしていると、同じフロント業務で先輩にあたる木村里香《きむらりか》が更衣室に入ってきた。彼女は入社したときから何かと気にかけてくれ、面倒見がいい。ホテルの中で一番仲のいい先輩である。

「ちょうどよかった。今度一緒に街《まち》コン行かない？」

「街コン……ですか？」

「そう。遊園地を貸し切ってやるらしいんだけど、男性の参加者が本気度高いイベントなんだって。結婚を前提に考えてて、身元がしっかりしてる人限定だから香月もどうかと思って」

「先輩、じつは私……恋人ができたんです」

「えっ！」

「なので、申し訳ありませんが参加はお断りさせてください」

罪悪感を覚えつつ、木村に頭を下げる。彼女は七海が婚約破棄したことを知っている、職場では数少ない人物のひとりだ。

昂平はあくまでも『偽装』で本物の恋人ではないが、『言いふらす必要はないが、人に聞かれたら恋人がいると明かしていい』と事前に言われている。彼いわく、『恋人がいる状況に慣れるのもリハビリの一環』らしい。

七海の報告に驚いていた木村は、次の瞬間、満面の笑みを浮かべた。

「よかったじゃない、香月！　いったいいつの間に？」

「つい最近知り合ったんです。父の仕事関係の方で……」

この辺りのことも、昂平と打ち合わせ済みである。実際、嘘《うそ》はついていない。ただ、リハビリのための『偽装恋人』だと打ち明けていないだけだ。

「そっか、うん。だから最近幸せそうっていうか、表情が明るかったのね」

納得したように頷く木村に、七海は戸惑った。自分の中では、多少浮わついた気持ちになっていたのは事実だ。だが、指摘されるほどではないと思っていた。

「そんなに態度に出ていましたか？」

心配になって尋ねると、木村が首を振る。

「わたしがそう感じただけで、ほかの人はわかってないと思うよ。でも、本当によかった」

しみじみと告げられて、七海は彼女の優しさが身に染みた。

二年前、婚約破棄したばかりのとき、彼女には世話になった。落ち込んでいる七海を食事やイベントに誘ってくれた。仕事帰りに行くこともあれば休みを合わせたりして、いろいろ連れ出してくれた。

「……先輩には感謝しています。わたし、先輩に連れて行ってもらったライブで好きになったアーティストもいるんです。今までライブなんて行ったことがなかったので、世界を広げてもらいました」

「わたしは好きで香月に付き合ってもらっただけだから。恋人ができても誘うからね」

「はい、楽しみにしてます」

「ねえ、彼氏ってどんな人？　ちゃんと大事にしてくれる？」

「すごく優しくて頼りがいのある人です」

木村に尋ねられた七海は即答し、昂平の顔を思い浮かべる。

相手には困っていないだろうに、なぜか『偽装恋人』としてリハビリに付き合ってくれる。

彼の強引さに驚かされることもあるが、それ以上に救われる。二年前の出来事が原因で立ち止まって臆病《おくびょう》だった七海の手を引き、一歩を踏み出させてくれたから。

「いい人なんだね。香月の顔見てるとよくわかるわ」

「そう……ですか？」

「だって今、すごくいい表情してる」

自分自身、意識していなかっただけに七海は驚く。昂平の顔を思い浮かべただけなのに、木村に『いい表情』と称されるほどの変化があったのかと思うと恥ずかしい。

（『偽装』なのに……いいのかな。でもこれも、『恋人がいる状況に慣れるのもリハビリの一環』になるの？）

考え込みそうになったとき、七海の携帯が振動した。画面を見ると着信で、昂平の名が表示されている。

「すみません、先輩。お先に失礼します」

「今度、彼氏のこともっと聞かせてよね。お祝いもしなきゃだし！」

手を振って見送ってくれる彼女の気遣いに感謝し、更衣室を出たところで急いで電話に出る。

焦っていたせいか、少しむせてしまった。

「っ、も、もしもし」

『ずいぶん焦ってるけど大丈夫か？』

「ちょうど着替え終わって更衣室を出たところだったので……」

『そうか、お疲れさん』

昂平の声が、耳の奥から染みこんでいく。ありふれた言葉なのに、ちゃんと労《ねぎら》われた気持ちになるのはなぜなのか。

妙に高鳴る鼓動を持て余しつつ廊下を進み、警備室の前を通る。従業員用の通用口から外に出たところで、彼は『今週の土曜空いてるか？』と聞いてきた。

「土曜なら休みですけど……何かあるんですか？」

『なら、夕方出て来いよ。俺は仕事だからどこかで待ち合わせてデートしよう』

〝デート〟の響きにドキリとする。『偽装恋人』になってから電話やメールでのやり取りしかしていなかったが、初めて恋人としてデートすることになる。

妙に鼓動《こどう》が騒ぐのを感じながら七海が了承すると、彼は待ち合わせの時間と場所を指定した。

彼が仕事帰りならてっきり東京駅で合流するのかと思ったのでそう告げると、『行きたい場所がある』と返された。

「どこへ行きたいんですか？」

『花火大会をやるって知って、あんたと行こうと思った。夏っぽくていいだろ』

楽しみにしてる——そう囁《ささや》かれ、通話が切れる。

電話の時間はほんの数分。しかし七海はその数分で、昂平に意識を奪われていた。

第三章　あの人をもっと知りたい

昂平との初デート当日。

待ち合わせ時間を二時間後に控えた七海は、鏡の前で落ち着きなくうろうろしていた。――いや、落ち着きがないのは、今だけではない。デートに誘われた日からずっと悩んでいる。

(浴衣《ゆかた》なんて着て気合い入れ過ぎ？　でも、こんなことでもないと着る機会なんてないし)

すでに浴衣は着付け、髪もアップに纏めている。紺地《こんじ》に金魚柄《きんぎょがら》の浴衣は、去年、『ル・ジャルダン』のイベントで着用したものだ。夏の催《もよお》しとしてレストランやフロント等のスタッフが、浴衣で接客をしたことがある。その際、さんざん迷って購入したのがこの浴衣だ。

派手すぎず、夏らしい涼しげな色合いが気に入っている。しかし仕事以外で着る予定がなかったため、残念に思っていた。

(せっかく花火大会に行くんだし、偽装でも恋人なんだし……変じゃないよね)

つい考え過ぎてしまうのは七海の性格だ。そして、デートという行為に慣れていないせいもある。元婚約者とでさえ片手で足りる程度の回数しかしていないから、ささいなことでも迷ってしまう。

デートがこれほど意識するものだとは、予想外だった。元婚約者としたときは、もっと普通の態度でいられたように思う。見合いを経て付き合いが始まった関係だから、『何回もデートして互いの気持ちを確認したうえで結婚』という漠然とした流れを予測していたからだ。

しかし昂平は、考えるよりも先に行動する。自分の直感を信じて動く男だ。だから彼といると驚きと戸惑いが多々あるが、最終的にそれが楽しい。

（……浴衣に着替えたんだし、今さら迷ってもしかたない）

七海は腹を決めると、自室を出てリビングへ向かった。今日は母の奈津子《なつこ》が家にいるため、ひと言かけてから出かけようと思ったのである。

「お母さん、そろそろわたし行ってくるね」

リビングに入り奈津子に声をかけると、どこか嬉しそうに微笑まれた。

「七海がお父さんのSPの方とお付き合いを始めたって聞いたときは驚いたけれど、最近楽しそうで安心したわ。お父さんも水嶋さんのことを『いい青年だ』と褒めていたのよ」

「そうなんだ……」

ほとんど接点のない昂平となぜ付き合うことになったのか、自分ひとりで説明するとボロが出そうで不安だったが、彼が上手く説明してくれたのだろう。早い段階で昂平が交際を報告したことで、父母は安心したようである。

「楽しんでいらっしゃい」

「うん、ありがとう」

昂平と『偽装恋人』になった理由のひとつは、二年前の一件で罪悪感を持たせてしまった和夫と奈津子を安心させたかったから。ひとまずは目的を果たせたようで、七海はホッとしつつ家を出た。

（あとはわたしが男の人に慣れて、もっと気楽に接することができるようになれば……）

協力してくれる昂平の気持ちを裏切らないようにするために、努力しなければいけない。

最寄り駅から待ち合わせの場所までは、電車で二十分程度の距離だ。電車に乗ると、各駅の乗降のたびに浴衣姿の男女が増えていく。カップルの姿が多く目につき、皆、楽しそうに寄り添っている。

今までカップルを見てもなんとも思わなかったが、今はなんとなくくすぐったい気持ちだった。昂平と自分も傍《はた》から見れば『恋人』に見えるのかと思うと、気恥ずかしいような、ワクワクするような、なんとも形容しがたい気分になる。

（浮かれているのかな……やっぱり）

七海は、これまで経験したことのない高揚感に戸惑ってしまう。

〝デート〟に浮かれているのか、〝昴平と会う〟ことに浮かれているのか。判然としないまま、待ち合わせに指定された駅に着いた。

改札を出て周囲を見回すと、まだ彼の姿はなかった。

昴平の姿が見つけやすいように、改札が見渡せる場所で落ち着きなく辺りに目を配る。

待ち合わせは午後五時半で、まだあと三十分ある。誰と待ち合わせるときでも、七海は三十分は早く着くようにしている。電車の遅延などのアクシデントで遅れるのが嫌なのだ。こういうところにも、生真面目な性格が出ているといえる。

（仕事終わりでここへ来るんだし、少し遅れるかもしれないないな）

籠《かご》バッグの中から携帯を取り出して確認したが、連絡は入っていなかった。いつ連絡がきてもいいように携帯を握り、改札の出入りを眺める。

待っている時間も、不思議と苦にならない。彼に会ったら、父に付き合っていると報告してくれたお礼や、今日誘ってくれたお礼を言おう、とか、脳内でシミュレーションをしているだけで楽しくなる。

あと二十分、あと十五分、と時が経つにつれ、鼓動が速くなっていく。そわそわして改札を見ていると、大勢の乗降客の中でも際立つ存在が目に留まった。

（水嶋さん……人が多い場所でも目立つな）

　わざわざ捜さなくても、端整なルックスと長身は人波に紛れることはない。彼を初めて見たときと同じだ。一度目にしたら最後、視線が引き寄せられてしまう。

　昂平は改札を出る前から、七海に気づいていた。一直線に歩み寄ってくると、腕時計に目を落とす。

「七海、悪い。待たせた」

「いえ……まだ待ち合わせの十分前です。わたしが勝手に早く来ただけですから気にしないでください」

「早く来るだろうって思ってたから、それよりもっと前に来ようと思ったんだよ」

　言いながら、しげしげと七海を見つめた昂平は、ふ、と笑みを零す。

「浴衣、色っぽくていいいな。あんたによく似合ってる」

「ありがとうございます……」

　ストレートな褒め言葉に照れてしまい、頬が熱くなってくる。『偽装恋人』だというのに、まるで本物の恋人の甘さを醸し出すものだからたまらない。

（この人は、わたしを動揺させるのが上手い。……それなのに、一緒にいると楽しいなんて）

　どぎまぎしつつ視線を泳がせると、おもむろに手を握られた。

「迷子にならないように……ってのは口実で、ただ俺が繋ぎたかっただけだけどな」

「そう……ですか」

指をしっかりと絡められ、頬に続いて手のひらが熱くなる。大きくごつごつとした彼の手は、強く異性を意識させる。

昴平は、ゆっくりと人の流れに乗って足を進めた。浴衣の七海を慮《おもんぱか》り、歩調を合わせてくれている。彼にエスコートされるのは心地いい。SPとして要人を警護している経験から、自然と他者に付き添える技術があるのだろう。

「俺も休みだったら、浴衣を着てこられたのに。残念だ」

「水嶋さん、着付けができるんですか？」

「警護対象者に頼まれる場合もあるからひと通りはできる。けど、肝心の浴衣を持ってねぇんだよな。今度、七海に選んでもらって買うか」

ちらりと視線を寄越《よこ》した彼は、「それはそうと」と、七海の耳朶《じだ》に唇を寄せた。

「名前で呼べって言ったろ。今度〝水嶋さん〟って言ったらキスするぞ」

「えっ！　そんな急に呼べませんよ。水嶋さんみたいに仕事とプライベートでガラッと口調と態度を変えられるような器用さもないですし」

「言ってるそばからまたかよ。本当はキスされたいのか？」

「違いますってば、もうっ」

他愛のないやり取りをしているうちに、花火会場に到着した。

入場口にはすでに大勢の人々が並んでいた。スタッフが配っていたチラシを受け取ってイベントの概要を確認すると、花火は海上から打ち上げられるらしい。一万発の花火とともに、会場に設置されたスピーカーから音楽が流れるという。

予想以上に大規模なことにも驚くが、さらに驚いたのは完全有料制の花火大会ということだ。昂平は事前にチケットを購入してくれていたようで、スムーズに入場できた。

「あの、自分の分は払いますから」

会場に入ってから申し出たものの、「必要ない」と返された。

「身内が協賛しているイベントだから、チケットを融通《ゆうずう》してもらったんだ。だから、気にしなくていい」

何げなくもたらされた情報に、七海は目を丸くした。確かにこの手の大会には企業が多く協賛しているが、チラシに掲載されている企業はすべて名の知れた有名な会社ばかりだ。その中に、『水嶋ホールディングス』の名を発見し、思わず声を上げた。

「水嶋さん、ここに載っている『水嶋ホールディングス』って、まさか……」

「兄貴が社長をやってる会社だ。俺は次男だから、会社とは関係ないけどな」

たいしたことではないというような態度の昂平だが、七海は驚きを隠せない。『水嶋ホールディングス』といえば、七海が勤めるホテル『ル・ジャルダン』のメインダイニングとも取引がある企業だ。外食産業を中心に事業は多岐《たき》にわたり、ホテルでは『水嶋ホールディングス』の飲料部門の商品が提供されている。

(わたし、水嶋さんのことをほとんど知らないんだ)

警視庁のエリートで父のSPを務めていること以外で唯一知っているのは、スイーツ好きだということだけ。『偽装恋人』とはいえ、これでいいのか疑問に思えてくる。

(……ううん、違う。わたしが、この人のことを知りたがっているんだ)

偽装でも恋人として、彼のことを知っておきたいという気持ちはもちろんある。けれど、七海は純粋に〝水嶋昂平〟という男を知りたいと思った。

「水嶋さんのこと……もっと教えてもらえませんか？」

昂平を見上げた七海は、今考えていたことを衝動的に口にした。

誰かのことを知りたいなんて今まで思ったことはない。元婚約者に対してもそうだ。男性としてというよりも、〝婚約者〟という立場が先に立っていた。

一緒にいるだけでドキドキするのも、手をつないで胸がときめくのも、昂平が初めてだ。だから、もっと知りたい。彼を理解すれば、自分の気持ちもわかる気がするから。

「また〝水嶋さん〟って言ったな」

苦笑した昂平は、「焦るなよ」と、繋いでいた指をきゅっと握る。

「俺のことが知りたいならなんだって教えてやる。隠すようなことは何もないしな。けど、そういうのは付き合っていく過程で自然に知っていくもんだろ」

「……そういうものですか？」

「ああ。七海は注意深い性格だから、知らないことがあると不安なんだろ。でも、ゆっくり知っていく楽しみってのも恋愛にはある」

彼の言っていることは理解できる。たしかに七海は慎重な性格で、何かを選んだりだとか物事を決定するのに熟慮《じゅくりょ》する。

けれど、彼に対してだけはそうじゃない。直感で、知りたいと思ったのだ。

(これも、水嶋さんとリハビリしているから……なのかな)

彼と付き合ってリハビリすることで、自分が少しずつ変わっているのだとすれば怖い気もする。けれど、同じくらいにワクワクする。今まで閉じていた世界が開いていき、目の前に光が射《さ》し込《こ》んだような心地だ。

「じゃあ、ちょっとずつ知っていくことにします」

七海が微笑むと、昂平も笑みを返してくれた。その表情はやはり見惚れてしまうくらいに甘く、心音の動きが忙しなくなる。

　このまま見ていると顔が赤くなりそうで、視線を周囲に逃す。東京湾に面した会場内は、屋台が出店していたりパフォーマーがダンスや歌を披露していたりと、様々なイベントが催されていた。

「活気がありますね。こういう雰囲気、新鮮です」

「だよな。俺もイベント系はほとんど仕事でしか来ないから面白い。ただ、気を抜くと周囲に視線を配り過ぎる」

「視線を……？」

「たとえば、不審物を隠しやすいのはどういう場所か、避難経路や動線はどうなっているか。怪しい人物は潜《ひそ》んでいないか……常に目が忙しい」

「職業病ってことですか？」

「そういうことだ。似たようなことは、七海もあるだろ。フロントにいたら、ホテルのロビー全体に気を配ってなきゃいけないだろうし」

　言いながら、彼は屋台の並んだスペースの前で足を止めた。

「席に行く前に、なんか買っていくか。何食いたい？　やきそば、やきとり、わたあめ、かき氷に、あとは……ケバブなんてあるんだな」

「これだけいっぱいあると、迷っちゃいますね」

「こういうときは、気になったもんを片っ端から食うってのもありだ」

言うが早いか、昂平は七海を連れてぶらぶらと屋台を回り始めた。その中から、ドネルケバブとやきとり、それとわたあめを購入し、七海に差し出す。慌てて財布を出そうとすれば、「この程度奢《おご》らせろ」と、やはり支払いをさせてくれなかった。

「今日は財布出すの禁止な。それと、早く俺の名前を呼ぶこと」

「わ、わかりました」

「よし、じゃあ食うか。これならふたりでシェアできるし、席に行くまでにつまめるだろ」

ケバブを差し出されて受け取ると、さっそく昂平は購入したやきとりを食べている。レストランで一緒に食事をしたときも思ったが、彼の食べっぷりは気持ちいい。所作に無駄がないからか、豪快に食べているようでいて品があるのだ。

つい見入ってしまいそうになった七海だが、「食わないのか？」と問われ、慌ててケバブを口にした。すると、予想以上に唐辛子ソースが辛《から》くて目を瞬かせる。

「辛い！　けど、美味《おい》しいです」

「やきとりも美味いぞ。わたあめは、とりあえずデザートだな」

彼は、食事をする際は必ず最後に甘いものを食べるらしい。些細なことだが、昂平のことを知るのは嬉しかった。それに何より、一緒にいると楽しい。

こんなふうに屋台の食べ物を歩きながら食べるなんて、社会人になってからは初めてだ。彼といると、いつもペースに巻き込まれてあたふたするが、結果的に楽しんでいる。それはきっと、昴平が七海を楽しませようとしているからなのだろう。

「そろそろ席に行くか。俺たちはカップルシートだ」

「カップルシート？」

「映画館とかであるだろ、恋人専用の席」

昴平が持っているチケットは、観覧席の中でも一番いい場所だった。浜辺にシートが設置されており、海上から打ち上がる花火をゆっくりと楽しむことができる。他の観客とも間隔が開いているため、ロマンチックな雰囲気を味わえる配置だ。

ケバブややきとりを食べながら移動するうちに、カップルシートに到着した。薄闇に包まれた海面に周囲の明かりが反射し、美しい夜景になっている。

迷うことなく進んだ昴平は、予約席をすぐに見つけ出し、七海に座るよう促した。

「悪くない席だな。花火だけじゃなく、ステージもよく見える位置だな」

「本当だ……なんだか、コンサートみたいですね」

海上には円形のステージが点在し、会場に流れる音楽に合わせてパフォーマンスするようである。花火大会というよりは、エンターテインメント性のあるショーの様相を呈している。

やがてステージ上にパフォーマーが現れると、スピーカーから流れる音楽に合わせて踊り始めた。照明が効果的にステージを照らし、幻想的な光景になっている。

「そろそろ花火が上がる時間だ」

ステージを見ていた七海に、昂平が耳打ちする。それと同時に、大音響とともに夜空に大輪の花火が打ち上がった。色鮮《あざ》やかな花火が夜空を彩り、観客から歓声が漏れる。

「綺麗……」

思わず呟《つぶや》いた七海は、しばし目の前の光景に見惚れた。

上空に菊先紅《きくさきべに》が開花したかと思えば、錦冠《にしきかむろ》の花弁が尾を引いて落ちていく。目まぐるしく変化する夜闇の景色《けしき》は大迫力で、一瞬たりとも目が離せない。

「写真撮《と》ったりしないのか？」

耳の近くで囁かれ、宙を見上げたまま答える。

「撮りたい気持ちもありますけど、せっかくなので肉眼《にくがん》で見たいので」

「それ、俺も一緒だ。感覚が同じだな」

写真や動画に残せば後で楽しめるが、今は体感を大事にしたいと思った。昂平も同じ考えで、同じ体験を共有できるのなら嬉しい。

（そっか……さっき水嶋さんが言ってたのってこういうことかも）

彼のことを知りたいと思ったが、改まって聞かなくてもこうして会話をして、同じ体験を共有して、互いへの理解を深めていくことができる。

七海は、自分の視野が狭くなっていたのだと昂平と接していくうちに気づいた。異性に対して信用できないのは変わらないが、それでも〝異性〟というだけで身構えることのないようにしたいと思う。

大輪《たいりん》の花を咲かせる花火を見ながら考えていると、ふと視線を感じた。昂平が、花火ではなく七海を見ていたのである。

「……花火、見ないんですか？」

「花火もいいけど、あんたを見ているほうが俺は楽しい」

口角を上げて答えた昂平は、目を逸らさずに七海を見ている。

「……水嶋さん、変わってますね。わたしを見てても、楽しいことなんてないのに」

彼の視線に照れくさくなり、顔を背けようとしたときだった。

「また苗字《みようじ》で呼んだな？」

身を乗り出した昂平は口角を上げると、掠《かす》めるようなキスをした。

触れただけのキスなのに、胸の奥が苦しくなるほど心拍《しんぱく》が激しくなっている。全身で昂平を

意識しているかのようで恥ずかしいのに、自分の意思ではどうにもならない。

「公衆の面前なのに……手が早いですね」

「恋人にはな」

動揺して可愛げのない台詞を告げたのに、昂平はまったく気にも留めない。さり気なく告げられて、まんまと心臓が跳《は》ねてしまう。自分が特別だと言われているようでドキドキする。

「このまま部屋に連れ込んで抱きたい」

「え……」

誘いの言葉としてはあまりにも明け透けだったが、彼の表情は真剣だった。七海はすでに花火もステージのパフォーマンスも目に入らず、ただ昂平を見つめ返すしかできない。

昂平の指先が頬に触れた。ぬくもりが心地よく、ずっとこのままでいたいと思ってしまう。

「可愛すぎるんだよ、あんたは。いちいち俺のツボ突いてくる」

「……スキンシップは、ある程度だって言ったのに……」

「キスだけじゃ物足りなくなった」

彼の指先が頬を撫でていき、首筋に触れる。くすぐったさもあるが、それよりも妙な気分になってくる。指の動きや眼差しが、意味ありげだったから。

「〝昂平〟って呼んでみろよ……七海」

「っ……」

色気の混じった声で囁かれ、一気に体温が上昇する。元婚約者に無理やりホテルに連れて行かれたときとは違う。昂平は、七海が自ら決断するのを待っている。それも、ただ待っているだけではなく、自身の想《おも》いを明らかにしたうえで促すように誘うのだから性質が悪い。

彼との関係は、『偽装恋人』だ。キスも手を繋ぐのも恋人としてそれらしく見せるための一環なのだと思えるが、身体を重ねる必要はない。

（それなのに、どうしてわたしは……）

昂平は、嫌だと言えば無理強いはしない。強引なところはあるが、それは七海が迷ったり悩んだりしたときに道を示してくれるものだ。だから今、そういうつもりはないと言えば、彼は引き下がる。

しかし七海は即答できない。彼の熱に流されているわけじゃなく、純粋に自分が昂平に近づきたいと思っているからだ。

「七海？」

甘さを感じさせる声で名を呼ばれ、思わず身を竦めた、そのときである。

表情をがらりと変化させた昂平が、ポケットから携帯を取り出した。メールが届いたようで、内容を確認してため息をつく。

「このあと、本庁に戻らなきゃいけなくなった」

「それじゃあ、すぐに行かないと……」

「花火を最後まで見る時間はある。けど、あんたを部屋に連れて行けなくなった」

舌打ちでもしそうな顔つきで告げられた七海は、思わず笑ってしまった。彼が、本当に残念そうな態度をしていたから。

「まあ、急ぐこともねぇか。抱くのは、七海がちゃんと俺の名前を呼べるようになったらでもいいしな」

「……そんなこと言われたら、よけい呼べなくなります」

「なら俺は、あんたを全力で口説くことにする。覚悟しとけよ、七海。俺は、仕事でもプライベートでも、狙った獲物は逃がさない」

端整な顔に欲望を滲《にじ》ませ、昂平が言う。七海は、まるで自分が彼に追いかけられているような気持ちになった。捕まったら最後、この魅力的な男の言動に思考を溶かされ、彼一色に染められてしまいそうだ。

(もしも、水嶋さんに仕事の連絡が入らなかったら……わたしは、どうしていたんだろう)

今まで慎重に物事を決めてきたはずなのに、昂平が大切に扱ってくれることが心地よく、ずっとそばにいたいと望んでしまう。

夜空を見上げると、いつの間にか最後の花火が上がっていた。ナイアガラと呼ばれる滝のような壮大な火花が水面に流れ落ちている。けれど七海は、見事な光景よりも、となりの昴平が気になってしかたなかった。

＊

花火が終わると、昴平はタクシーで七海を自宅まで送った。別れ際は名残惜《なごりお》しかったが、彼女にまた連絡する旨を伝えて本庁へ向かう。

仕事じゃなければ、どんな連絡も無視していた。だが、今日はこれでよかったのだとも思う。七海のリハビリはまだ途中だ。ようやく昴平に慣れてきたところだったのに、無理に迫って信頼を失う真似《まね》はできない。

「副総監《ふくそうかん》、水嶋です」

昴平は連絡を寄越した人物の執務室のドアをノックした。中から返事があって入室すると、デスクに向かっていた副総監が顔を上げる。

「悪いな、急に呼び出して」

「いえ。そろそろお呼びがかかるころではないかと思っていました」

「そうか。まあ、かけてくれ。そう時間は取らせない」

副総監に勧められ、ソファに腰を下ろす。七海の前で見せる甘い顔はまったく見せず、仕事用の口調と顔付きで話を切り出す。

「私が呼ばれたのは、そろそろ三係に戻れという打診《だしん》では？」

来月は、中東の小国の王が極秘で来日する予定だ。内乱が続いていた国だったが、新国王の戴冠《たいかん》によってここ数年でようやく国内に落ち着きを取り戻している。

おそらくは、外務省の幹部経由で副総監に打診があったのだ。水嶋昂平に警護させろ、と。

これまでの実績と階級を考えれば当然の選択だ。

警視庁警備部警護課警護第三係――もともと昂平は、国賓の警護を主にする係に所属していた。階級が上がり、参事官として警護課のトップに立った今も現場に出ている。

ＳＰはその特殊性から厳しい選抜があり、警視庁内でも人数が極めて少ない。加えて今回二係に退職者が出たことにより、人員が補充されるまでの間、昂平が二係の職務を請け負うことになったのである。

しかしそれは、現在三係が大きな案件を抱《かか》えていないからできたことだ。政情がようやく安定した国の国王が来日するとなれば、担当ＳＰとして昂平の名が出る。語学に長けていることはもちろんだが、要人たちからの信頼が厚い。それは、今までの仕事で培ってきたものだ。

「その通りだよ、水嶋。警護課の人員配置は君の一存に委《ゆだ》ねているが、外務省から極秘で連絡がきてね。国王は水嶋くんをご指名だそうだ。君、中東にも人脈を持っているのか？」

「以前、国王が即位される前に一度だけ警護にあたったことがあります」

「なるほど。それで君が指名されたわけか。たいしたものだね、まったく。一度で国王の心を掴んでしまったわけか」

感嘆した副総監は、ふと表情を改める。

「裁判所長官の警護は、今月いっぱいで他の者に引き継ぐように。いいね」

「承知いたしました」

昂平は首肯するも、内心でため息をつく。

（来月は七海との時間が取れなくなる……その前にもう少し関係を進めないとな）

彼女のリハビリをしつつ関係を進める。なかなかに難しいミッションだ。あまり強引に迫っては七海に不信感を持たれてしまうし、かといってぐずぐずしていては物理的に時間が取れなくなる。彼の国王は親日家で、滞在日程が長びくことが予想されるからだ。

七海との間に必要なのは、信頼を得る時間だ。今日のようにデートをし、他愛のない話でお互いに理解を深め、彼女の反応を確認しながらスキンシップを図る。そうして時を重ねていけば、異性に対する不信感は薄らぐはずだ。

（焦ったら駄目だってことか）

「それでは、私はこれで失礼します」

昂平が一礼すると、副総監が「もうひとつ話があるんだが」と引き止める。

「水嶋くん、君……今、付き合っている女性はいるか？」

「はい」

副総監の問いに即答する。この手の話の流れは何度も経験している。十中八九見合い話だ。

昂平の予想は正しく、副総監は「君に縁談の話があってね」と、デスクの引き出しから釣り書を取り出した。

「外務大臣のお嬢さんだ。会うだけでも会ってみないか？」

「申し訳ありませんがお断りいたします。私は、今お付き合いしている女性と結婚を考えておりますので」

「……ほう。どういった身分のお嬢さんだ？」

興味を引かれたように副総監が昂平を見据える。

警察官は、交際相手や結婚相手について厳しく調査される。犯罪歴をはじめ、特定の宗教、政治団体に所属していないかなどだ。結婚となれば調査は家族にまで及ぶ。

昂平のようなキャリア組は、上司が見合いを持ってくることが多い。その場合、女性の身元はしっかりしているが、政治的な思惑が絡んでいることがままある。

（冗談じゃない。外務大臣の娘ってことは、俺のバックボーンが目当てだろう）

昂平と結婚すれば、水嶋ホールディングスと縁が繋げる。つまり、政治献金や選挙の際の支持を見込んでいるのだ。水嶋家がもっとも嫌う類の話である。

昂平は心の中で舌打ちをしつつ、「最高裁判所長官のお嬢さんです」と答えた。

「彼女とは長官の護衛につく前に知り合い、親交を温めておりました」

「長官のお嬢さんか……なるほど、文句のつけようがない相手だな、それは」

苦笑した副総監に、「恐縮です」と作った笑みを見せた。

七海と付き合っているのは、副総監の言うように『文句のつけようがない相手』だからではない。昂平自身が、彼女を望んでいるからだ。

だが、わざわざそれをここで説明する筋でもない。昂平は一礼し、釣り書にいっさい触れることなく執務室を後にした。

（まったく、気分が悪い）

水嶋ホールディングスというバックボーン目当てに見合いが持ち込まれたのは一度や二度ではない。どうしてもと上司から頼み込まれて断り切れず、付き合いで会ったこともある。

しかし見合いの席で相手から聞かれるのは、決まって実家の話だ。昂平自身よりも水嶋の名ばかりを重視され、内心辟易《へきえき》していた。階級が上がってからは、見合いを無理強いされることはなかったが、時々今のように釣り書を持ってこられる場合もある。

そのたびに断りを入れるのは面倒だったが、今は七海がいる。彼女を見合い避けに使うような真似は気分がよくないが、『偽装』であっても恋人なのだからと自分を納得させる。

(……七海は、俺のことを知りたいって言ってくれるんだよな)

花火会場での彼女との会話を思い出し、刺々《とげとげ》しかった気持ちが少し和らぐ。

七海は昂平の実家のことを知っても、驚きはしたが大きな興味を示さなかった。それよりも、昂平自身のことを知りたいという彼女の気持ちは、素直に嬉しかった。もしもあの場が密室だったなら、間違いなく押し倒していただろう。

(早く俺を好きになれ。そうすれば、誰よりも大事にするのに)

祈るような気持ちで考えながら庁舎《ちょうしゃ》を出た昂平は、まっすぐマンションに戻る気になれず、加藤の店に顔を出すことにした。

タクシーを拾って車内で加藤に連絡を入れると、店の前に着いたときには〝クローズ〟の札がかかっていた。どうやら、貸し切りにしてくれたようである。昂平は気遣いに感謝し、店の扉を開けた。

「急に悪い、加藤さん」

「遠慮する仲じゃないだろ。入れ、誰もいないから込み入った話もできるぞ」

付き合いの長さゆえか、昂平が突然訪れるときは何かがあると察している。加藤に促されてカウンター席に腰を落ち着けると、マカロンが盛られた皿が差し出された。

「おまえが来るって連絡があったから残しておいた。今日作ったばかりのマカロンだ」

色とりどりのマカロンがのった皿を見て、昂平は苦笑する。

「さすが加藤さん。俺の機嫌の取り方を心得てる」

「ということは、機嫌を損なうことが何かあったんだな」

加藤の言葉に頷き、見合い話のことを話して聞かせる。そして、ふたたび来月からは三係に戻ることも併《あわ》せて説明した。

「まあ、見合い話はいつものことだからな。けど、面白くねぇっていうか」

マカロンをつまみながら目を眇《すが》めると、加藤が笑みを漏らす。

「今のおまえは、香月さんがいるからいいじゃないか。彼女だろ？　二年前におまえが立ち直るきっかけをくれた女性は」

「そうだけど、話してないのによくわかるな」

「おまえがここに女性を連れてきたの初めてだろ。それに、おまえはどうでもいい相手に自分の素《す》は見せない」

断言されたが、まさにその通りなので反論はしない。

職務に就いているときは丁寧な応対をするが、一線を引くためにあえて敬語を崩さないときがある。昂平にとって『どうでもいい相手』とは、見合い相手だったり心を許していない職場の同僚である。

「七海は、俺にとって大事な女だ。だからここにも連れてきたし、必ず口説き落とす」

自分に言い聞かせるように宣言した昂平は、彼女と初めて会った日を思い起こす。

それは今から約二年前。梅雨時《つゆどき》のことだった。

SPとしての仕事をすべてたたき込んでくれた恩人と呼べる人物が亡くなった。名を菅宮《すがみや》一也《かずや》といい、加藤とは同じ高校の同級だった男で、昂平の四歳年上にあたる。ふたりとも後輩の昂平を可愛がってくれて、兄のように慕《した》っていた。

警視庁に入庁したのは、菅宮の影響が大きい。彼は入庁後にSPを希望し、厳しい選抜試験を潜《くぐ》り抜《ぬ》けた選りすぐりのエリートだ。仕事への情熱を語る菅宮は男から見ても格好よく、彼のように誇《ほこ》りを持って仕事をしたいと思ったのだ。

一時、実家の水嶋ホールディングス関連の仕事に就くことも考えたものの、会社には兄がいる。若き社長を快く思わない輩《やから》や社内の派閥に担《かつ》ぎ上げられる恐れもあり、家業とはまったく違う職種に進むことにしたのである。

だが、昂平の恩人はあっけなくこの世を去ってしまった。酒気帯び運転で暴走していた車から見知らぬ子どもを庇《かば》ってのことだった。

彼らしい、と昂平は思った。だが、やりきれなかった。菅宮にはまだ教わりたいことが山ほどあった。彼のような優秀な男がなぜ早世《そうせい》してしまうのか。考えてもしかたのないことだったが、考えずにはいられなかった。

仕事だけはなんとかこなしていたが、時間が空けば加藤の店に赴いて酒を飲んでいた。好きなスイーツも食べる気になれず、ただ気持ちを紛らわせるために酒に頼った。

七海と出会ったのは、そんなときだ。

菅宮の四十九日の法要に出た帰り、気が抜けたように歩いていると雨が降ってきた。

徐々に雨足《あまあし》は強まってきたが雨宿りする気にもならずに、ひたすら足だけを進める。形見分けでもらった菅宮の思い出の品が入った紙袋を持っていたが、濡《ぬ》らさないようしなければという気も回らない。

すると不意に、背後から傘を差しかけられた。

「よければ使ってください」

振り返ると、美女と呼ぶにふさわしい女性が立っていた。ふだんの昂平ならば、仕事用の顔を作り礼くらい告げるだろう。しかし、このときはそんな余裕などなかった。

「けっこうです」

すげなく断って立ち去ろうとしたものの、傘を押し付けられた。

「わたしは職場が近くですし、傘は差し上げます。……荷物、濡れちゃいますよ」

喪服姿の昂平を見て何かを察したのか、女はそれだけを告げ『ル・ジャルダン』の従業員用通用口に駆けていく。

茫然と女の後ろ姿を見送っていた昂平は、そこで初めて大切な形見分けの品を濡らしていることに気がついた。

(……何をしてるんだ、俺は)

恩人の形見をぞんざいに扱った自分を恥じた。そして、見ず知らずの男に傘を差し出してくれた女性の優しさに、そのとき確かに救われた。

昂平が少しずつ生気を取り戻したのは、そこからだった。四十九日までは、どこか悪夢の中にいるような、現実感のない心地で過ごしていた。

菅宮の〝死〟に向き合えていなかったのだ。気づいたのは、縁もゆかりもない女性の小さな親切。大切な恩人の形見が濡れていると指摘され、目が覚めたような気がした。

傘を返さなければいけない。そう思いつつ、忙しさにかまけて後回しにしていた昂平は、それから数日後に七海と再会する。

要人の警護で先乗りし、『ル・ジャルダン』を訪れたところ、フロントに彼女がいたのだ。ネームプレートにある名前を見て、香月という苗字を知った。制服に身を包み、ゲストに対応する彼女は凛《りん》としていた。思わず、見惚れてしまうほどに。

仕事中だったため、彼女の姿を見たのは数秒だ。しかし、その数秒で目にした笑顔がやけに印象的だった。

「――香月さんには、初めて会ったときのこと伝えたのか？」

加藤の言葉で過去から引き戻された昂平は、「いいや」と首を振る。

「七海には言ってない。いつか、機会があれば伝えるつもりだけどな」

二年前の出来事は、昂平にとっては菅宮の死に向きあう契機になった。しかし今の七海に、その当時のことはあまり思い出させたくない。婚約破棄の件があるからだ。

昂平は一度、傘を返そうとして休みの日にホテルに赴いたことがある。だが、七海はシフトを終えて帰ったあとだった。

フロントに傘を返してもらうよう頼み、少し残念に感じつつホテルを出る。すると、雨の中呆然と歩いている七海を見かけた。

初めて出会ったときとは逆の状況だ。

不思議な巡り合わせだと思いながら近づいた昂平は、思わず足を止めた。

七海は、泣いていた。周囲の光景を見ておらず、明らかに様子がおかしかった。話しかけるような雰囲気ではない。きっと、自分に推し量《はか》れない何かがあったのだろう。昴平は彼女に近づくと、自分の持っていた傘を押し付けて無言で立ち去った。奇《く》しくも七海に施された優しさと同じ行動をしたことになるが、そのときは傘を与えただけ。それ以上に何もしてやれることがなく、歯がゆい思いをしたのだった。

(俺は絶対に、七海を泣かせない)

あのときなぜ七海が涙を流していたのか。昴平が理由を知ったのは、それからしばらく経ってからだ。

たまたま実家に顔を出したとき、『そろそろ身を固めたらどうだ』と父母や兄から言われた昴平は、『「ル・ジャルダン」の香月という女性となら見合いをしてもいい』と告げ、彼女との縁談を望んだのだが――タイミングが悪く、彼女は婚約破棄したばかりだった。

「水嶋家が二年前に見合いを申し込んだことも、おまえと会っていたことも香月さんは知らないんだろ。言えば、もっとたやすく口説けるんじゃないか?」

加藤の発言はもっともだ。けれど、婚約破棄のつらい記憶を思い出させたくない。それよりも、婚約破棄によって男に不信感を抱いている七海の呪縛《じゅばく》を解いてやるのが先だ。

自分に言い聞かせるように胸に刻み、昴平は不敵に笑った。

「今の俺を知ってもらったうえで、七海を振り向かせる。水嶋家のことを知っても興味を示さない女なんて初めてだ。ますます欲しくなった」

「ちょっと話しただけでも、香月さんがいい子だっていうのはわかったよ。おまえは、一度情を抱くととことん相手を大事にするからな。菅宮や俺のことも慕ってくれてたし。……いまだに酒を飲まないところとか、律儀なやつだよ本当に」

困ったように笑う加藤だが、それが昴平という男だとわかって言っていた。

菅宮の四十九日後から、昴平は酒を飲むのをやめた。もう二度と自分を見失わないという戒めと、ＳＰとしての職務をまっとうするという誓いのためだ。

「次に俺が酒を飲むとすれば、七海との結婚式くらいだな」

最後に残ったマカロンを口にして軽口をたたくと、ふと目を伏せる。

この二年の間、七海の父・香月和夫とは定期的に連絡を取っている。彼女の父親が自分の仕事にも関わりのある人物だと知ったときは驚いたが、七海の様子を知るには都合がよかった。

婚約破棄の傷が癒えたころに、改めて縁談を申し込もうと思ったのだ。

和夫にも自身の考えは伝えていたから、あとはタイミングを計るだけだった。しかし、七海の抱えた傷は予想外に深かったため、強硬手段を用い――現在に至る。

（俺は、『偽装』で終わらせるつもりはないぞ）

今はまだ、七海の負った傷を癒《いや》すことが第一だ。だが、彼女の気持ちが完全にこちらへ向いたそのときは、遠慮せず手に入れる。

それまでは強く理性を保たなければいけないと、己を縛《いまし》める昂平だった。

＊

朝からシフトに入っていた七海は、夕方には上がることができた。

いつもならどこへも寄らず家に帰宅するところだが、今日は両親が会食で家には誰もいないため、寄り道をすることにした。どこかで夕食をとろうと思って頭に浮かんだのが、昂平に連れて行ってもらったレストランだ。

店までは、ホテルの最寄り駅から電車で三駅。さらに駅を降りても少し歩くが、それでも構わなかった。『行こう』と思った自分の気持ちを行動に表そうと思ったのである。

（水嶋さんと付き合ってなければ、仕事帰りに寄り道しようなんて思わなかったな）

彼と出会う前であれば、今日のような状況でもまっすぐ家に帰っていただろう。突発的に行動したり、衝動的に買い物をすることは七海の性格的にまずない。それが、昂平に恋人として扱われているうちに、少しずつ感化されている。

だが、そういう自分も嫌いではない。むしろ、変化を楽しんでいる。

一度訪れた場所だったから、店まで迷うことはなかった。扉を開けると、カウンターにいた加藤が一瞬驚いた顔をしたのち、微笑んで迎えてくれる。

「いらっしゃい、香月さん」

「こんばんは。予約していないんですけど、大丈夫ですか？」

「ちょうど客が途切れたので大丈夫です。うちは、繁盛店ってわけじゃなく、常連客相手にのんびり店を開けているだけなので。気楽に来てください」

カウンター席を勧められ腰を下ろすと、メニューを差し出される。少し悩んだ七海は、「この前いただいたビーフシチューとキッシュが美味しかったので、同じものをください」と注文した。

「かしこまりました。気に入ってもらって嬉しいですよ。昂平に続いて、ビーフシチューのファンが増えましたね」

昂平と一度訪れたおかげか、ひとりでも緊張はしなかった。加藤は〝異性〟というよりは、この店のシェフであり彼の先輩というイメージが強いから話しやすい。それに料理も美味しく、また訪れたいと思わせてくれる店だ。

「そういえばこの前、昂平が来ましたよ」

「そうなんですか？」

「あいつ、仕事でむしゃくしゃしたりすると、うちに来てスイーツを食べるんですよ。酒で気を紛らわせることをしないやつだから」

「スイーツが好きだという話は聞いていています。一度、バイキングにご一緒したとき、すごい量を食べていて驚きました」

昂平の顔を思い浮かべると、自然と頬がゆるむ。彼と過ごした楽しい時間が、心に刻まれているのだ。

「水嶋さんは、お酒が飲めないから、スイーツでストレス解消するんですね」

「もともと甘いものは好きでしたから。……ただ、酒が飲めないってわけじゃないんです」

「え……」

加藤の発言から、昂平はアルコールが飲めないのだと思った七海は首を傾《かし》げる。加藤は、

「あいつは言わないと思うから」と前置きしたうえで、事情を説明し始めた。

「俺の同級で、もうひとり昂平を可愛がっていた男がいたんです。そいつは昂平がＳＰを目指すきっかけになった男だったんですが……二年前、事故で逝《い》ってしまって」

彼を慕っていた昂平の落ち込みようと荒れ方は、見ていられないほどだったと加藤は語った。

四十九日を境《さかい》にようやく少しずつ立ち直り、そのときから酒を飲んでいないのだ、とも。

（だからここに来たときに、水嶋さんは……加藤さんのことを、『一番情けないときを知っている人』って言ってたんだ）

七海から見た昂平は、いつだって前向きで堂々としている。だが、その裏では深い悲しみを乗り越えていた。親しい人を喪《うしな》った彼がどれほど傷ついたのかは想像するしかできないが、今のように振る舞えるまでに時がかかったのだろうと思う。

「あいつが荒れる気持ちはよく理解できたから、俺は静観していました。でも、立ち直った昂平を見て思ったんです。俺は、見守るばっかりで立ち直るきっかけになってやれなかったな、って。だから、あいつが香月さんをここに連れてきたときは嬉しかったんです。力になってやれなかった俺にも、ちゃんと彼女を紹介してくれるんだなって」

どこか悔恨を滲ませる声とともに、ビーフシチューとキッシュがテーブルに並べられた。七海は言葉を選びつつ、「力にはなっていたと思います」と、自分の考えを伝える。

「水嶋さんは、この店に連れてきてくれたとき、『あまり人を連れて来たことはない』って言っていました。お気に入りの場所で、大事にしているんだと思います」

七海は、加藤のように昂平と付き合いが長いわけではない。だが、彼がこの店や加藤を大切に想っていることはわかる。そして、彼が哀《かな》しみから立ち直ったのは、間違いなく目の前のシェフの存在がある。

「……水嶋さんのこと、教えてくださってありがとうございます」

デリケートな出来事、それも、彼の過去にまつわる話だ。加藤が七海に教えてくれたのは、本当の彼女だと思っているからだろう。ふたりの関係は『偽装』なのに申し訳ないと思うけれど、昂平を少しだけ理解できたのが嬉しいと思ってしまう。

「……わたし、男性不信気味でした。でも、水嶋さんのことは信用できるんです。自分でも不思議だったんですけど……全然、不思議なんかじゃなかった。あの人は、いつだってわたしに優しくしてくれるんです」

彼の真摯《しんし》な眼差しや行動が、力強い言葉が、臆病だった七海の心を掬《すく》い上げてくれる。会うとドキドキして、触れられると胸が苦しくなる。もっと彼のことを知って、同じ時間を過ごしたいと願うのはなぜなのか。七海は、本当はもう気づいている。

(会って間もない人を、なんて……そんなこと、今までなかったのに)

自分自身の気持ちに戸惑っていると、加藤がふっと微笑む。

「昂平は、いい男ですよ。それに、香月さんが思っているよりもずっと、あなたを想ってる。この前見ていて、そう思いました」

加藤に断言され、なんと答えていいかわからずに視線を彷徨《さまよ》わせる。恥ずかしかったのと、純粋な嬉しさとで頬が熱くなった。

（あの人は、わたしに『関わりたい』と言ってくれた。わたしも……水嶋さんに関わりたい。もっと、もっと……深く）

七海の心に新たな欲が生まれる。それは、異性に対して初めて抱いた感情だ。

慎重な性格なのに、今は彼のように感情で動こうとしている。その変化は心地よく、気持ちが前向きになり――七海は、心の赴くままに行動してみようと決意した。

第四章　想いを確かめ合った夜

七月の半ばになったころ。『ル・ジャルダン』では、秋のブライダルフェアに向けてイベントが企画されていた。

フェアは、ホテルに隣接するチャペルの改装オープンに伴って行われる。競合《きょうごう》他社に先んじてブライダル客を取り込むべく、数組限定で宿泊と模擬《もぎ》挙式《きょしき》をパックにしたカップル限定のプランが打ち出された。

「ただでさえ学生が夏休みに入って稼働《かどう》率が上がってるのに、フェアまでやられると身が持たないわよね」

社員食堂で昼食をとっていると、先輩の木村がぼやく。七海は苦笑し、「忙しいですよね」と同意した。

このところ変則的なシフトが続き、昂平とは会えずにいる。毎日連絡をくれるし、たまに電話もかかってくるが、直接顔を見られないのはやはり寂しい。

（水嶋さんも、なんだか忙しいみたいだしな……）

会っていても意識を奪われるが、会わないときでも彼のことを考えてしまう。最近は特にその傾向が顕著《けんちょ》で、携帯を見る回数が多くなっていた。

「こう忙しいと、彼氏とも会えないんじゃない？」

からかうように告げられて、思わず赤面しそうになる。

「そ、そうですね……でも、この前一緒に花火大会に行けたので」

「花火大会か。いいなあ、羨ましい！　わたしも真面目に婚活しようかな」

木村は、食堂の壁に貼られているブライダルフェアのポスターを見て肩を竦めた。

「ああいうイベントがあると、自分も早く結婚したいって思っちゃう。香月のとこは、まだそういう話はないの？　お父さんの仕事関係なら結婚前提のお付き合いって感じだけど」

「……付き合い始めなので、そういう話はまだなんです」

「そうなの？　香月の結婚式をうちのホテルでやるなら、喜んで協力するんだけどなあ」

チャペルでの挙式では、紙吹雪《ふぶき》や花が舞う演出が建物の外で行われる。その際の清掃《せいそう》に、フロントも駆り出されることが決まっている。この清掃が特に厄介だと木村がぼやく。

「花とか紙って地面にくっつきやすいじゃない？　しかもチャペルの前の地面ってレンガ造りだから、ホウキが使いにくいったらないわ」

「お花や紙吹雪が宙《ちゅう》に舞っているときは綺麗なんですけどね」

笑って木村に答えた七海は、自然に笑えていることに内心で驚いた。

二年前の婚約破棄以来、結婚の話題が出ると胸が痛んだ。ちょうど今から二年前の同じ時期の出来事であり、思い出すと気鬱《きうつ》になった。相手に対する想いがあったわけではなく、両親を悲しませてしまったことによる罪悪感が大きかった。

（そういえば、浮気現場に遭遇《そうぐう》したとき……誰かが傘をくれたんだっけ）

元婚約者の浮気が発覚し、心無い発言を浴びせかけられたあと。急な雨に見舞われた。そのとき、通りすがりの人に傘をもらったのだ。俯いていたため顔はわからないが、男性だったのは傘を握らされたときにわかった。

動揺して傷ついていた七海は、その人物に礼すら言えなかった。だが、見ず知らずの人物に施《ほどこ》された親切に、少しだけ救われた。

今まで婚約破棄にまつわる一連の事件は、生々しい傷だった。けれど今、胸の痛みはない。結婚関連の話もふつうにできるようになっている。

（水嶋さんとのリハビリのおかげかな）

昂平と偽装恋人になり、七海の世界は広がった。それだけでなく、心も癒されているのを感じる。それもこれも、彼が自分と関わりたいと言ってくれたから。

改めて自覚すると、木村が椅子から立ち上がる。

「今日は、カップル限定プランのゲストが二名チェックインするのよね。明日は模擬挙式だし、頑張らなきゃ」

「そうですね。頑張りましょう」

木村に続いて立ち上がると、どこか清々《すがすが》しい気持ちで仕事へ戻った。

（チェックインのゲストも落ち着いたし、あと少しで上がりだ）

フロントからロビーに視線を走らせた七海は、何事もなく仕事を終えられそうだと胸を撫で下ろした。

休憩時に木村が話していたように、学生が夏休みに入ると家族連れの宿泊客が増える。常に高稼働なのはホテルにとって喜ばしいが、その分アクシデントに見舞われる場合もある。そのうえブライダルフェア関連の客もくるとあり、気の休まる暇がない。限定プランを利用したゲストが正式に挙式披露宴を『ル・ジャルダン』で開こうと思うような対応を、と、ミーティングで上司からも厳命《げんめい》されている。

「香月、そろそろ上がっていいわよ」

木村から声をかけたとき、内線が鳴った。すぐに応答する彼女に目線だけで挨拶したとき、フロントにチェックインのゲストが訪れる。

対応に向かった七海は、ゲストの顔を見て声を失った。

「すみません、限定プランで予約していた後藤です」

後藤昭信——元婚約者が、女性と寄り添って立っていたのである。

*

同刻。本庁で事務仕事を終えた昂平は、専用のホルスターを身に着け、警護課の金庫から拳銃と弾丸《だんがん》を取り出した。その足で、江東区《こうとうく》にある警視庁術科《じゅつか》センターへ向かう。三係の職務に就くにあたって訓練をするためだ。

施設内には射撃場のほかに観客が入れる武道館があり、柔道や剣道などの大会が開かれることもあった。

今日は術科センターへ赴く予定だったため、本庁には車で来ていた。首都高速都心環状線《かんじょうせん》に乗ると、二十分程度で目的地に到着した。

車を駐車場に停《と》めると、どこへも寄らずに射撃場へ向かう。施設を管理する担当者に訓練することは伝え、射撃場には誰も入れないように頼んでいた。

的までは数十メートル。銃を出し、弾倉《だんそう》を改め、発射が一連の流れだ。

防音用のイヤーマフを装着し、シグザウエルＰ２３０をホルスターから取り出した昂平は、基本に忠実に弾倉を検《あらた》めた。右手でグリップを握り、左手をグリップの側面に添える。銃を構えて的を見据えると、中心に向かって発射した。

乾いた音が室内に鳴り響く。連続して発射した銃弾は三発。いずれも銃弾は、的の中心を捉えていた。

（とりあえず、なまってはいねぇな）

射撃訓練は定期的にあるが、そう頻繁ではない。昂平は感覚が鈍《にぶ》ることを嫌い、自主的に訓練をしている。国賓を警護する三係で、要人から指名を受けることがある昂平は、特別にそれが許されていた。

弾倉の弾をすべて吐き出し、イヤーマフを取り去る。すると、射撃場の入り口に立っている男が目に留まった。

「さすが水嶋さんですね。勉強になります」

「小室か。何しに来た」

香月長官を警護する際に組んでいる相棒・新人ＳＰの小室である。「ここには誰も入れるなと言っているはずだ」と目を眇めると、新人は頭を下げた。

「すいません。水嶋さんが射撃場に行くと聞いて、つい」

小室も今日は本庁勤務で、現場には出ていなかった。たまたま警護課の金庫番から、昂平がセンターへ来ることを聞いたようだ。

「ったく。口が軽い金庫番はあとで仕置きだな」

「いや、自分が悪いんです。水嶋さんの訓練をどうしても間近で見たくて。警察学校でも、教官たちは決まって水嶋さんの話をするんです。一般教養、法学、術科すべてがトップの成績だったと。自分たちの同期は水嶋さんが目標なんです」

「俺はそんなたいそうなもんじゃない。もっとすごい人が、俺たちの先輩にはいたんだ」

小室に答えながら、なんとも言えず懐《なつ》かしい気分になる。かつて自分も、菅宮に対してこんな態度だったと思い出したのだ。

(でも俺は、まだ全然あの人に追いつけない)

昂平は銃をホルスターに収めると、小室に向き直った。

「来月から俺は三係の案件に着手する。おまえは引き続き、香月長官の警護にあたれ。俺が抜けた分は新人が入るが、おまえと組むのはベテランだから安心していい」

「やっぱり、三係に戻るんですね。残念です」

「俺は三係がメインってだけで、今回みたいに人手が必要なら一係だろうが四係だろうがどこにでも助っ人《すけと》に入る。そういう立場だからな」

言いながら、七海の顔を思い浮かべる。来月に国賓を迎えるにあたり、すでに準備が始まっているため、彼女との時間が取れていなかった。

(俺が突然長官の警護から外れたら驚かせるだろうし、直接言っておかないとな)

腕時計に目を落とすと、午後六時半。今から本庁に戻って銃を保管する時間を考えると、今日七海と会うのは難しい。

「俺は本庁に戻る。おまえは？」

小室に問うと、「自分も戻ります」と頭を下げた。

「水嶋さん、退庁したら飯行きませんか」

「今日はやめとく。連絡しなきゃなんねぇとこがあるからな」

すげなく答えた昴平に、なぜか小室が目を輝かせる。

「もしかして恋人ですか？　水嶋さんくらいハイスペックな人だと、相手もそうとう美人で家柄もよさそうですよね」

「美人だし性格もいいし、最高の女だ。俺にはもったいないくらいにな」

しれっと答えると、小室が「水嶋さんにそこまで言わせる人って、どんな人か気になります」と、やけに食いついてきた。

　苦笑した昂平は小室に歩み寄り、ポンと肩をたたく。

「恋人の話はともかく、おまえは俺を美化しすぎだ。ほかのやつにその調子で俺のことを話すなよ。こっぱずかしいから」

　くぎを刺した昂平は、「どんな人ですか？」と恋人の話を聞きたがる後輩を無視し、駐車場へと向かうのだった。

＊

　同日の夜。自宅に戻った七海は、夕食もとらないまま自分の部屋でぼんやりしていた。

（まさか、後藤さんと会うなんて……）

　もう会うはずのない男との再会でかなり動揺した七海だが、仕事はしっかりこなした。だが、チェックイン作業をする間中ずっと感じていた後藤の不躾《ぶしつけ》な視線が嫌だった。彼に想いがあるわけではない。ただ、異性を信じられなくなった原因の男が目の前にいる憤《いきどお》りが、七海の心を乱していた。

　後藤への対応を済ませた七海は、すぐにバックヤードへ引っ込んだ。すると、時を置かず追ってきた木村に理由を尋ねられ、元婚約者だと伝えたのである。

彼女は七海の代わりにたいそうな剣幕《けんまく》で怒ってくれた。『明日の模擬挙式の清掃は行かなくていいから！　なんだったら、裏で事務作業してても構わないし』とまで言ってくれた。木村がいなければ、落ち着きを取り戻せなかっただろう。

（模擬挙式を挙げるくらいだし、向こうだってわたしのことなんていちいち構わないよね）

自分自身に言い聞かせるように考えると、携帯を手に取った。

昂平からの連絡はない。きっとまだ仕事中なのかもしれない。

（会いたいな……）

無意識にそう思った七海は、改めて自覚する。

いつの間にか、昂平の存在が自分で意識するよりもずっと大きくなっていた。彼の声を聞いて顔を見れば、きっと元気になれる。それは、今までの昂平の言動を信頼しているから。

七海はほとんど衝動的に昂平に電話していた。数回コールして出なければすぐに切ればいい。そのあとに、たいした用事じゃないから気にしないでいいとメッセージを送ればいい。

コール音が鳴るまでにそこまで考えていたのだが――予想に反し、彼は一コールで電話に出てくれた。

『七海？　どうした。今電話しようと思ってたから驚いた』

いいタイミングだったな、と電話口で笑った昂平の声に、胸が締め付けられた。

「すみません、ちょっと……どうしているかなって思って……」

『なんかあったか？　声に元気がねぇけど』

心配そうに問われた七海は、彼のこういう気遣いが好きだと思う。

声だけで状態を察することができるのは、昂平が七海を気にかけてくれているからだ。偽装でありながら、まるで本物の恋人のように大切に扱ってくれる。その気持ちは、七海の異性に対する不信感を拭《ぬぐ》うに充分だった。

（……この人と会えてよかった）

心の底からそう感じた七海は、ようやく肩の力が抜ける。

「元婚約者が、ホテルに来たんです。カップル限定のプランがあって、それを利用して。わたしが対応したんですが、特に何かがあったわけではないんです。ただ、ちょっと……いろいろ思い出して、気分が沈んだというか……すみません、こんなことで電話して」

『〝こんなこと〟じゃねぇだろ。謝る必要はないし、無理に話さなくていい。あんたの気持ちが落ち着くまで、ちゃんと待つから』

昂平は、七海の感情を慮り寄り添ってくれた。忙しいはずなのに、心を砕いてくれる彼の存在は、言語化できない複雑な気持ちでも柔らかく包み込んでくれる。

（こんなの……好きにならないほうがおかしい）

ふたりの関係は偽りで、昂平の厚意でリハビリをしてもらっているだけだ。父母を安心させ、七海が男性を信じられるようになればもう偽装の必要はない。

（水嶋さんは……わたしが告白したら、どう思うんだろう）

もしも彼に、『偽装じゃなく本物の恋人になりたい』と言ったとすれば。昂平は、驚くだろうか。それとも、困らせるだろうか。

この手の経験がないため、予測がまったくできない。

「そういえば……水嶋さんは、何か用事があったんじゃないんですか？」

七海は自分の気持ちから目を逸らし、話題を変えた。

昂平と付き合って、物事に対しての勢いも大事だと学んだ。それまでは、慎重な性格もあって決断力に欠けているのは否めなかったが、最近少しずつ改善しつつあった。

とはいえ、恋についてはまた別の話だ。もしも七海が好きだと伝えて今の関係が変わるなら、それは嫌だと思ってしまう。

（こういう考えってずるいのかな。でも、まだ勇気が出ない）

ぐるぐると考えていると、昂平は『そういえばそうだったな』と応じた。

『用事っていうか、ちょっと話しておきたいことがある。電話じゃなく、できれば直接会って言いたい。二、三日中に時間取れないか？』

「明後日の仕事終わりなら大丈夫です。次の日は休みなので遅い時間でも構いません。水嶋さんのお仕事が終わらないなら待っています」

『わかった。それなら明後日に会おう。俺もその日は仕事を早く終わらせて、ホテルまで迎えに行く』

「えっ……わざわざ来てもらわなくても待ち合わせでいいですよ？」

『俺が少しでも早く会いてぇんだよ。わかれよ』

甘さを含んだ声で告げられて、ぶわりと体温が上がった。電話でよかったと心底思う。直接顔を見て言われたら、赤面してうろたえて、さぞみっともない状態になるだろう。

「……水嶋さんと話してると、心臓によくないです」

『それだけ意識してるってことだろ。いい傾向だな。もっと俺を意識して、嫌なことなんて忘れればいい』

彼の言葉が、七海の胸にすとんと落ちる。元婚約者との遭遇で動揺している七海に配慮して、あえて自分へ意識を向けさせるよう仕向けている。

「わかりました。それじゃあ、明後日に」

『ああ。また何かあったら、遠慮しないで電話かけてこいよ。ひとりでため込んでもいいことないからな』

昂平はそう言い含め、電話を切った。

彼の声を聞き話しただけで、だいぶ気持ちが浮上した。二年前からずっと心の片隅にこびりついていたやるせなさや自己嫌悪といった負の感情が、昂平によって上書きされる。

自分に必要だったのは、彼のような信頼できる人と関わることだった。今さらながらに理解し、昂平に感謝せずにはいられなかった。

明後日。仕事を終えて遅番の社員に業務を引き継いだ七海は、更衣室に入ると、七海は心を弾ませた。このあと、昂平に会えるからだ。

昨日は後藤の模擬挙式が行われたが、基本的にフロントは関わりがないため顔を合わせずに済んだ。木村が懸念《けねん》していた式後の清掃も、ほかのスタッフが対応している。今日のチェックアウトについては、七海はたまたまほかのゲストを案内していたことで、後藤と関わらずに済んだのだった。

(二年前のことをこだわっていたのは、わたしだけだったんだろうな)

『やっぱりお嬢様は駄目だな。世間知らずだし、生真面目なだけで面白味がない。やっぱり大人の女じゃないと抱く気も起きないよ』

婚約者だった男に告げられた台詞に傷つき、浮気されたことで男性を信じられなくなっていた。けれど、本当に問題だったのは、後藤の言動だけで異性を信用できないと思い込んでしまったから。裏切られることが怖くて、男性と関わり合いになりたくなかった。

（でも、水嶋さんは……そんなこと関係なしにわたしに踏み込んできて……本物の恋人みたいに大事にしてくれる）

彼を想うと、心が温かくなる。最初は昂平への気持ちに戸惑っていたが、もう自分の心を見てみないふりはできないし、したくない。

着替えを済ませて携帯を確認すると、昂平から連絡が入っていた。今日は車で迎えに来てくれたらしいが、道路が混んでいて少し遅れるということだった。了承の旨を送った七海は、外に出て待つことにした。少しでも、早く会いたいからだ。

ストレートに言葉にするには、まだ勇気が足りない。だけど、彼に伝えたい。昂平のおかげで、前に進めることができている、と。

従業員用の通用口を出た七海は、きょろきょろと周囲を見まわした。

空は夕闇に包まれているが、まだ完全に陽《ひ》が落ち切っていない。夏特有の湿気を含んだ風が髪を揺らし、両手で押さえる。

急いでホテルを出てきたが、もっと髪やメイクに気合いを入れるべきだっただろうか。服も七分袖のシャツにフレアスカートというごくふつうの通勤服を着ているものの、今日くらいは華やかな服で来るべきだったのか。

今さらに考えていたときである。背後から肩をたたかれた。

昂平だと思った七海は、パッと振り返り——愕然《がくぜん》とする。目の前にいたのは、今日の午前中にチェックアウトしたはずの後藤だったのである。

「久しぶりだな、七海」

「……どうして、あなたがここに……」

距離を取りつつ尋ねると、後藤は「おまえを待ってた」と言って笑った。

「そういえば、このホテルに就職が決まったって言ってたよな。昨日来るまで忘れてたけど」

「そのまま忘れていただいて構いません。……わたしも、忘れたので」

今さら後藤と話すことは何もない。すでにこの男には模擬挙式をするくらい親密な女性がいるのだし、元婚約者と関わる必要はないだろう。

にもかかわらず、なぜ待ち伏せしていたのか。理由がわからずに困惑していると、後藤が一歩足を踏み出した。

「そんな寂しいこと言うなよ。婚約までしてた仲なのに。昨日フロントで会ったとき、驚いたよ。二年前よりも色気出てたからさ。今のおまえなら、俺も浮気しなかったかもな」

「な……に言って……」

「今の俺の女、金遣い荒いんだよな。その点おまえは俺の金をあてにすることないし、変に見栄《みえ》張って派手な結婚式をやることもないだろ」

後藤の手が伸びてくる。反射的に避けようとしたが、それよりも先に肩を掴まれた。

「おまえに婚約破棄されて、親父《おやじ》にめちゃくちゃ怒られたんだよな、俺。あれ以来、俺の金目当ての女しか寄ってこないし。七海と結婚するべきだったよな、やっぱり」

「離して……ください」

この男の女性遍歴など知りたくないし、自分には関係ないことだ。そう言って手を振り払おうとしたものの、後藤は信じられない言葉を口にした。

「なあ、ヤラせろよ。婚約してたとき、おまえとヤレなかったのが心残りだったんだよな。二年前、俺を傷つけた責任とれよ」

後藤の台詞を聞いた瞬間、七海は思わず男の頬をたたいていた。

「馬鹿にしないでください……っ」

この男は、七海だけではなく今の恋人のことまで馬鹿にしている。どこまでも自分本位で身勝手だ。今までこれほど他人に対して怒りをあらわにしたことはない。

「わたしには恋人がいます。もう二度とあなたとは関わり合いになりません。あなたも、今の恋人を大切にしてください」

きっぱり言い切ってその場から立ち去ろうとした七海だが、後藤はなおも追ってくる。

「おまえこそ馬鹿にしてんじゃねえよ！」

ものすごい剣幕で、後藤が手を振り上げてくる。とっさに身構えて殴《なぐ》られることを覚悟した、そのときだった。

七海と後藤の間に、大きな影が割って入った。暴挙に出ようとした男の手を遮って背に庇ってくれたのは、七海が待ち望んでいた人物――昂平その人だった。

「女性に手を上げようとするとは感心しませんね。立派な暴行罪だ」

冷たい声音で言い放つと、彼は後藤の手首を捻《ひね》り上げた。

「このまま警察に突き出しましょうか」

「じょ、冗談じゃない！　ただの痴話喧嘩《ちわげんか》に他人が口を挟むな！」

「痴話喧嘩とは、親しい男女がする他愛のない喧嘩のことですよ。少なくとも、彼女とあなたには当てはまらない。二年前に縁は切れているんですからね」

淡々と告げる昂平に、後藤の顔が醜く歪《ゆが》む。

七海の前で話すようなくだけた口調ではなく、会ったばかりのころのような仕事モードの話し方だった。静かに、しかし、確かな圧をもって昴平は後藤に対峙《たいじ》する。

「彼女は私の恋人だ。手を出さないでいただきたい」

堂々と宣言した昴平の台詞に、後藤が瞠目《どうもく》する。七海から彼の表情は見えないが、後藤に対してそうとう怒っていることが声や態度から伝わってくる。

「もしもこれ以上付きまとうようであれば、警視庁生活安全総務課のストーカー対策室に連絡することになりますが？」

「わっ、わかったよ！　七海には二度と会わない！　これでいいだろ！」

「彼女を気安く呼び捨てにしないでください、不愉快です。それと、七海に対する非礼を詫《わ》びてもらいましょうか。私が来なければ、彼女は大怪我《おおけが》を負っていたかもしれない」

昴平は後藤の手首を離さないまま、じりじりと力をこめる。口を出すこともできずにふたりを見守っていると、後藤の目が七海に向いた。

「悪かったよ！　いいだろ、もうっ」

とても謝罪している態度ではなかったが、七海にとってはすでにどうでもいいことだった。それよりも、もっと大事なことがある。

「昴平さん……もう充分です」

七海は彼に声をかけ、その背にそっと触れた。すると昴平は後藤の手首をようやく離した。

「今後、彼女の前に現れるようなことがあれば、私は容赦《ようしゃ》なくあなたを通報しますよ。もしくは、社会的制裁を行いますのでそのおつもりで。お父上の病院の経営に影響するような醜聞《しゅうぶん》は、避けたほうが身のためですよ――後藤昭信さん」

フルネームを呼ばれただけではなく、父親の病院まで話が及んで後藤は戦《おのの》いている。声を震わせて「わかった」と言うと、逃げるようにその場を立ち去った。

振り返った昴平は、七海をそっと抱きしめる。

「遅くなって悪かった。怖い思いしたろ」

「助けてもらったので、わたしは大丈夫です」

「無理するな。あいつは、あんたを傷つけた張本人だ。会って気分のいい相手じゃないのに、暴力まで振るわれそうになったんだ。俺が警官じゃなかったら、一発殴ってた」

まだ怒りが収まらないというような昴平に、救われた気持ちになった。彼は、七海の身体だけではなく、心まで守ってくれた。後藤を脅《おびや》かすようなことを言ったのも、二年前の出来事で傷ついていたことを知っていたからだろう。

「そういえば、どうしてあの人のフルネームやお父さんの病院のことを知っているんですか。わたし、話していませんでしたよね」

「一昨日の電話であんたがだいぶまいってたから、香月長官に相手の情報を聞いておいた。やつの身辺は調査してあるから、何かしてくるようなら本気で潰《つぶ》す」

昂平の周到《しゅうとう》さに驚いたものの、電話の様子だけで状態を察して動いてくれたのだ。それだけ心配してくれた彼の気遣いが七海は嬉しかった。

「ありがとうございます……昂平さん」

自然と微笑んで礼を告げると、彼は不敵に口角を上げた。

「初めて名前呼んだな」

「それは……意識していなかったというか……」

指摘された七海は、しどろもどろになって口ごもる。『抱くのは、七海がちゃんと俺の名前を呼べるようになったらでもいい』と言われたことを思い出したのだ。

そういうつもりで呼んだわけではないが、彼はどう受け取ったのか。疑問に思ったが、問いかけることはできなかった。昂平が、ひどく嬉しそうに自分を見ていたから。

至近距離で視線が絡み、ドキドキする。優しい眼差しに、胸が締め付けられた。

後藤とのやり取りなど頭の中から消えてしまうくらいに、彼の腕の中は安心できる。いつまでも、こうしていたいと思ってしまうほどだ。

言葉にならない想いを伝えるように、昂平の胸にしがみつく。彼は小さく息をつくと、抱きしめていた腕を解いた。

「ここじゃゆっくり話せないな。とりあえずうちに行くか」

誘いの言葉に、七海は静かに首肯した。


その後、昂平の車に乗って連れて行かれたのは、彼のマンションだった。

都心の一等地にある高級マンションで、リビングは広々としている。しかし、部屋の中は極端《きょくたん》に物が少なかった。ふたり掛けのソファと小さな丸テーブル、それにキャビネットが置いてあるのみだ。

七海に座るよう促した昂平は、対面式キッチンの中に入った。

「水か茶、コーヒーしかねぇけど何がいい？」

「あ……おかまいなく」

「じゃあ、コーヒーにするか。家には寝に帰るだけだから、ロクなもん置いてねぇんだよ。腹減ってるだろ？　デリバリーでなんか頼むか」

「今日はお昼が遅かったので、私は大丈夫です。それよりも、水嶋さんは平気なんですか？」

「俺は、基本的に夜はあんまり食わない生活してるから平気だ。本当は自炊すればいいんだろうけど、物を増やすのが嫌なんだよな」

リビングを見まわした昂平が苦笑する。

「食事はほとんど外食で済ませるから食器とか調理道具もないしな。あるのは筋トレの道具くらいなもんだ」

彼はかなりシンプルで無駄のない生活を送っているようである。昂平の私的空間は新鮮で、自分がこの場にいるのが不思議な心地だった。

「意外です。水嶋さんは、いろいろ趣味が多い印象でした」

「加藤さんにも言われたな、それ。物が多い部屋に住んでそうだって。……けど、仕事柄、何かあった場合に備えて身辺は綺麗にしてる」

何気なく言われた言葉にドキリとする。

彼は、プライベートの空間ですら、ＳＰであることを忘れていない。仕事に対する真摯な姿勢が垣間《かいま》見え、七海は背筋が伸びる思いがした。

「食事をしなくていいなら、先に話をしていいか？」

七海が頷くと、昂平は冷蔵庫から缶コーヒーをふたつ取り出した。それをテーブルに置き、となりに座る。

上着を脱ぎ、気だるげに缶コーヒーの蓋《ふた》を開ける昂平のしぐさにドキリとする。

全身で彼を意識してしまい、心臓の音がやけに大きく響いている。となりにいる彼にも聞こえるのではないかと思うほどだ。

「あんたに話があるって言ったのは、来月からのことだ」

落ち着かない心地で視線を泳がせていると、おもむろに彼が語り始めた。となりに目を向ければ、昂平は七海を見つめながら話を続ける。

「俺はもともと、国賓対応のＳＰだったんだ。来月、某国の国王が来日するにあたって俺が警護をすることになった。国王からの指名だから、断るわけにいかない。必然的に、あんたといられる時間が少なくなる」

「そう……ですか……」

「香月長官の警護の引き継ぎで最近バタバタしてたから、会う時間がなかなか取れなかった。けど、ちゃんと直接顔見て言いたかったから今日時間作った」

一度言葉を切ると、昂平は缶コーヒーを呑み干した。

彼が好きだと気づいたそばから、一緒にいられる時間が減ってしまうのは皮肉だ。けれど、もともとふたりは『偽装恋人』で、昂平の厚意でこの関係は始まったのだし、いつ終わってもおかしくない。

（それなのに、わざわざ仕事の状況を伝えてくれるんだ）

七海のリハビリに付き合う理由なんて彼にはない。にもかかわらず、昂平は偽装の恋人を安心させようとしてくれる。

「……好きです」

溢《あふ》れた想いが、口から自然に零れ落ちる。

告白して関係が変わるかもしれないのが怖かった。それは今でもそうだ。彼を好きだと告げるのは、七海が異性を信じられるようになったということにほかならず、リハビリの必要がなくなる。最初に交わした『七海が男を信じられるようにリハビリに付き合う』という条件が、達成してしまうからだ。

(でも、言わずにはいられない)

後先を考えてあれこれと悩むよりも、今は目の前の彼に気持ちを伝えたかった。二年前の出来事に傷つき、立ち止まっていた七海の手を強引に引いてその場から連れ出してくれた彼に、正直になりたい。それは、七海が見せられる誠意だ。

「好き、って言ったよな、今?」

昂平は確認するように尋ねてきた。脈絡も主語もなかったから、彼も戸惑っている。七海は顎《あご》を引くと、人生で初めてとなる告白をする。

「あなたのことが……好きです」

彼の目を見て告白すると、なぜだか眼窩《がんか》が熱く潤《うる》んだ。

自分がこうして異性を信用できる日がくるとは思っていなかった。生真面目で面白味のない女だと、元婚約者から放たれた言葉に囚われて、世界を閉じていた。

そんな七海に対し、彼は否定しなかった。他愛のない話をして心を弾ませ、いつしか会えない日も彼のことを考えるようになった。

「……水嶋さんには、感謝しかありません。あなたがいなければ、わたしは過去から抜け出せなかった。いつまでも、殻《から》に閉じこもっていたままだったと思います」

「なら、もうリハビリは終わりってことでいいんだな？」

七海の告白を静かに聞いていた昂平が、窺《うかが》うように顔をのぞき込んでくる。『終わり』の言葉に一瞬動揺したが、その通りなので否定はしない。

「今まで、付き合ってくれてありがとうございました」

ありったけの感謝をこめて、彼を見つめる。すると、不意に彼が目尻に触れてきた。

「なんでこれで終わりみたいな言い方すんだよ、あんたは」

「それは……だって」

「それに、また呼び方がもとに戻ってる」

憮然と目を眇めた昂平は、七海の肩を引き寄せた。彼の胸に抱かれて驚いていると、耳朶に熱い吐息が吹きかかる。

「俺は、あんたよりもずっと前からとっくに好きだ」

「え……」

耳に届いた言葉を咀嚼《そしゃく》できず、気の抜けた声が漏れる。昂平は呆けている七海に言い含めるように、力強く言い放つ。

「好きじゃなきゃキスもしねぇし、抱きたいとも思わねぇよ。あんただから……七海だから、こうして触れたくなるんだ」

昂平は少し身体を離すと、視線を合わせた。

「リハビリはもう終わりだ。これからは、本当の恋人ってことでいいな?」

「は、い……っ」

目尻からひと筋の涙が頬に伝う。想いを返してもらえることが涙が出るほど嬉しいなんて初めて知った。自分が好きになった人が好きでいてくれる。そんな奇跡を前に、涙が溢れて止まらなくなる。

「意外と涙もろいな、あんた」

「だって……嬉しくて」

「そんなに可愛いこと言うと、紳士じゃいられねぇぞ」

涙をキスで拭った昂平は立ち上がると、七海を抱き上げた。「掴まってろ」と言われて反射的に彼の首に腕を巻き付けると、彼はリビングのとなりにあるドアを器用に開ける。

聞かずともここがどこなのかを悟った七海は、一気に体温が上がった気がした。

「あ、の……」

「あんたを抱きたい。もうずっと我慢してた」

ベッドに横たえられ、欲情の混じる声で囁かれる。七海は心臓がありえない速さで拍動《はくどう》するのを感じながら、羞恥《しゅうち》を堪《こら》えて彼を見つめた。

「わたし、初めてなんです……それでも、いいですか」

「初めてでもそうじゃなくても関係ない。七海だから欲しいんだ」

昂平の真摯な言葉に胸の奥が鷲づかみにされた心地になった。

彼は、性欲からではなく、七海を欲しがってくれている。それは、性的な経験のない七海を安心させ、緊張を解いてくれる台詞だ。

「好きな女に好きだって言われて我慢できる理性は持ってないぞ」

「あ……っ」

服の上から身体を撫で回されて、腰をくねらせる。彼の大きな手がシャツ越しに胸に触れたかと思うと揉《も》みしだかれ、羞恥心が募ってくる。

不思議と怖さはなかった。昂平は、嫌がれば止めてくれるからだ。大切にしてくれると信頼していているから、何をされても平気だと思える。

昴平は性急なしぐさで七海の服を乱した。引きちぎりそうな勢いでシャツのボタンを外し、あらわになったブラを押し上げると、胸の頂《いただ》きに唇を這わせる。

「んっ、やぁっ……」

生温かい口腔に乳首を招き入れられ、舌で転がされる。反応を窺うように上目で見つめられた七海は、羞恥で全身が熱くなる。

「待っ……シャワー、浴びた……」

仕事を終えたばかりで、汗も掻いている。シャワーを浴びていない状態で触れられるのは抵抗があった。

七海の制止で顔を上げた昴平は、どこか余裕なく切なげに眉根を寄せた。

「無理だ、待てない。今すぐあんたが欲しくてたまらない」

「あ、んっ……！」

ふたたび乳首を口に含まれ、強く吸引される。もう片方は指で摘《つ》まれ、ごしごしと扱《しご》かれた。彼に胸を愛撫された七海は、奇妙な掻痒《そうよう》感に身悶える。

「やぁっ……んっ、ああっ」

自分の声とは思えない甘ったるい声が恥ずかしい。とっさに両手で口を塞《ふさ》いで耐えていると、

昂平は硬くなり始めた乳首に歯を立てた。

「んんっ……」

疼痛《とうつう》が胸に広がり、じわりと蜜口から淫液が滲んでくるのを感じる。こんなふうに感じてしまっては、はしたないのではないか。そう思うのに、彼から与えられる快感は制御できない。

(こんなふうに求められると、嬉しくてどうにかなりそう)

元婚約者に強引にホテルに連れ込まれそうになったときは、嫌悪感しかなかった。自身の欲望を果たすためだけに迫ってくる〝男〟が、恐ろしくなった。

けれど、昂平は違う。七海だけを欲し、余裕がなくなっている。それなのに、丁寧に愛撫を施して感じさせてくれるから、快感を得るのだ。

七海が自覚すると、彼は胸のふくらみを両手で中央に寄せ、乳頭を交互に舐め始めた。

「昂平、さ……んんっ」

口から手を離し、反射的にシーツを握る。すると、淫《みだ》らな光景が目に入り目を塞ぎたくなった。勃《た》ち上がった乳首は、彼の唾液でてらてらと濡れている。愛撫を施されて解け始めた身体は、視覚的効果も相まってさらに快楽を得てしまう。

(やだ……わたし……)

蜜孔がじくじくと疼《うず》き、垂《た》れ流れた愛汁でショーツのクロッチがぐっしょり濡れる。彼を受け入れる態勢が整いつつある自分の状態に、恥ずかしくなった。

「あんたの声、腰にくるな。もっと喘《あえ》がせたくなってくる」

胸から顔を上げた昂平は、七海を起き上がらせた。中途半端に脱がせていたシャツとブラを取り去り、スカートのファスナーを下ろす。

「脱がないと皺《しわ》になる。腰上げろ」

「は……い」

言われるままわずかに腰を動かすと、彼は手早くスカートを脱がせた。これで身を包むものはショーツだけになってしまい。七海は思わず彼に背を向けた。単純に、身体を見られるのが恥ずかしかったのである。

「七海、こっち向け。キスできねぇだろ」

昂平に告げられて、そろりと首だけを振り向かせる。彼はネクタイを緩めて首から引き抜くと、煩《わずら》わしそうなしぐさでワイシャツを脱いだ。

「っ……！」

鍛《きた》え抜かれた彼の上半身を目《ま》の当《あ》たりにし、息を呑む。綺麗だ、と七海は思った。男性に使う形容ではないかもしれないが、一切の無駄がない筋肉のつき方がまるで彫像のようだ。

「触るか？」

視線に気づいた昂平にからかうように問われ、首を左右に振る。自分から彼の素肌に触れるなんてハードルが高い。ただでさえ緊張と快感で余裕がなく、ただ見ているだけでもドキドキと胸が高鳴ってしまう。

「嫌がることは絶対しない。だから、あんたの初めてを俺にくれ」

「んっ……」

背中から抱きしめられ、唇を重ねられる。首を後ろに向けてキスをしているせいで、彼の胸に寄りかかるような体勢になった。背中越しに感じる彼の胸は硬く、自分とはまったく違う感触がする。

（キス……気持ち、いい……それに、肌に触れているのも安心する……）

口内に入ってきた舌に自分のそれを撫でられ、身体から力が抜けていく。彼にキスをされると、いつもこうだ。胸がはち切れんばかりに高鳴って、意識が昂平で占められる。

うっとりとキスを受け入れていると、彼は両手で胸を揉み込んだ。唾液に濡れた乳首を指で扱かれ、胎《はら》の中が沸々《ふつふつ》と熱くなっていく。

「ンンッ……うっ」

七海は刺激を堪えるように、彼の腕を掴んだ。無意識に膝を立てると、下肢に力を入れる。そうしなければ、とろとろと流れ出る淫蜜が止まらない。

肩を縮こまらせていると、キスを解いた昂平が口角を上げた。

「下着も脱いだほうがよさそうだな。濡れてるだろ」

「だっ……だめ……っ」

彼の手が胸から下りていき、臍《へそ》の上を通ってショーツに触れた。布の上から恥丘を辿《たど》った指先は、ふとももを閉じたのも構わずに強引に間に入ってくる。

ショーツのクロッチを軽く押され、ぬちっと淫靡《いんび》な水音が聞こえると、昂平が耳朶に唇を寄せてきた。

「ちゃんと感じてるな、安心した」

「恥ずかしいから……言わないでください……」

「なんでだよ。大事なことだろ。俺は、あんたを感じさせたい。ほら、こっち向け」

昂平は七海の腰をひょいと持ち上げると、身体を反転させた。正面から彼を見ることになり視線を泳がせると、今度は体重をかけて押し倒される。

「脱がせてやるから、足上げろ」

「やぁっ……」

昂平は七海の膝を曲げさせると、たやすくショーツを足から引き抜いた。恥部を彼の眼前にさらすことになり、羞恥で全身が赤く染まる。

「綺麗な身体だな。見てるだけで勃ちそうだ」

明け透けな台詞に反応する間もなく足を大きく広げさせられた。閉じていた秘裂を指先で左右に割られ、空気に触れた肉びらがひくりと震える。すでに濡れそぼつ陰部に吐息が吹きかかり腰を捩《よじ》ると、昂平は七海の内股を押さえつけた。

「逃げるなよ。あんたの隅々まで俺に見せろ」

そう告げた彼は顔を近づけ、割れ目に舌を沈ませた。

「あっ　んっ……汚ない、から……っ」

まさか舐められるとは思わずに、七海はとてつもない羞恥で涙目になる。見られるだけでも恥ずかしいのに、シャワーも浴びていない。自分でもそうそう目にしない場所に彼の顔が埋まっているなんて信じられなかった。

彼は、丁寧な舌使いで花弁に纏わりついた愛液を舐め取っていく。ぴちゃぴちゃと淫音が耳に届き、その音でまた蜜を滴《したた》らせてしまう。敏感な部分にねっとりと舌を這わせられると、下肢の疼きが増した。

（やめてほしいのに……気持ちいいなんて……）

好きな人にされることなら、恥ずかしいことでも気持ちいいのだと初めて知った。それは、昂平が七海を大切に扱ってくれるから。本気で嫌がれば止めてくれるだろうが、七海が拒絶していないと彼はわかっているのだ。

「ん、ぁっ……こ……へい、さん……っ」

快楽で身体が痺《しび》れていき、呂律《ろれつ》が回らなくなってくる。彼の舌戯は巧みで、薄い花弁に擦りつけるように舌を蠢《うごめ》かせられて、何も考えられなくなってくる。

与えられる刺激に翻弄《ほんろう》されて小刻みに身体を震わせたとき、彼は割れ目の上へ舌を伸ばし、花芽を転がした。

刹那、七海は体内に電流が通ったような衝撃を味わい、大きく腰を跳ねさせる。

「あぁっ……！」

そこに刺激を受けるとどういう効果があるのか、経験はなくとも知識はある。だが、実際に愛撫を施されると、実体験でしかわからない感覚があるのだと思い知る。

自分の身体なのに、自分のものではないみたいだ。愛撫で体内が蕩けていき、彼の思うままに淫戯に酔いしれていく。

（どうしよう……こんなふうにされたら、わたし……）

彼は舌先で淫蕾を転がし、そうかと思えば今度は唇へ含み吸引する。包皮を剥くように唇を動かされ、七海はたまらずに大きな嬌声《きょうせい》を上げた。

「そこは……いやぁ……っ」

剥き出しにされた肉芽を舌で転がされると、強すぎる愉悦に涙が浮かぶ。蜜孔がぴくぴく微動し、どうにもできない快感に悶えてしまう。

もっと触れてほしい。浅ましい欲求を抱いてしまうほど昂平の愛撫は気持ちいい。彼の性戯が巧みなのだろうが、彼の触れ方が優しいからいっそう深く感じている。声や眼差しやしぐさで、七海を大事に扱っていることがわかる。

尿意に似た感覚がせり上がり、呼吸がどんどん浅くなった。

「や、だ……ぁっ……昂平……さ……ぁあっ！」

もはや何を言っているのかもわからずに、ただ漏らしてしまいそうな感覚に耐えていると、彼は七海の声に呼応するように舌の動きを激しくする。快感の粒を舐め転がしながら吸い出し、集中的に淫芽を責めてくる。

（きちゃう……もう、だめ……っ）

腹の内側がぎゅっと収斂《しゅうれん》し、四肢がぴくぴくと震える。視界が狭くなり、全身が総毛立つような感覚を享受《きょうじゅ》し、七海はびくんと腰を撥《は》ね上げた。

「っ……んぁああ……ッ」

嬌声を上げながら、快感の頂きへと昇り詰める。蜜孔からはとめどなく愛液が噴《ふ》き零れ、シーツに染みを作っていた。

初めての感覚に、自分に何が起こったのかもわからず茫然とする。自分の呼吸音だけがやけに耳につく中全身を弛緩させていると、昂平が顔を上げた。

「今の感覚、覚えておけよ。これから何度も経験するから」

「え……」

「俺の舌で、達《い》ったんだよ」

口角を上げた彼は蜜に塗《まみ》れた唇を手の甲で拭い、膝立ちになった。〝達く〟という言葉は知っていても体験したことがなかった七海は、自分の状態に初めて気づいて恥ずかしくなる。

（これが、達くってことなんだ……）

まだ意識が定まらない中で考えていたとき、昂平は自身の前をくつろげると反《そ》り返る肉茎を取り出した。

「っ……」

とっさに目を逸らした七海だが、彼の逞しい陽根が網膜《もうまく》にしっかりこびりついていた。太く長い雄茎は筋が浮き立ち、凶悪な形をしている。

男性の性器を見たのは初めてだが、予想よりもはるかに大きかった。とてもじゃないが、自分の中に入り切るとは思えない。

「悪いな、ここまでくると止めてやれない」

目を逸らしているうちに避妊具を着けた彼は、七海の内股を両手で押さえると、肉筋に自身を添わせた。避妊具を着けているのに火傷しそうなほど熱く感じ、腰が引けそうになる。

昂平は自身を割れ目で往復させた。蜜液と肉槍が擦れ合い、ぬちぬちと粘着質な音が鳴る。達したばかりで過敏になっているため、花弁を摩擦されるだけで悦楽を覚える。視界に映る彼はひどく色気を放っていて、意図せずきゅんと蜜孔が窄《すぼ》まった。

「挿《い》れるぞ。力、抜いておけよ」

宣言した昂平が、肉茎を淫口にあてがう。嵩張った先端が触れただけで身体が強張りかけたとき、彼は宥《なだ》めるような手つきで双丘を揉んだ。

「あっ……」

「つらかったら、俺に爪立ててもいい。だから、少しだけ耐えてくれ」

言葉とともに、彼は腰を押し進め、肉傘を挿入した。瞬間、身体を引き裂かれるような衝撃に七海は息を詰める。

「ンンッ……っ、ぅ」

（痛い……！　でも、これくらい……耐えられる）

本当は痛みを訴えたかった。けれど、彼を受け入れたい気持ちのほうが大きくて必死に耐える。生理的な涙が滲み視界が揺らぐ。意識を保っているのがやっとの状態だったが、それでも止めてほしくなかった。昂平と初体験を迎えられるのが幸せだったから。

「は……七海……っ」

昂平に名を呼ばれ彼を見上げると、苦しげに眉根を寄せていた。胎内は異物を拒むように狭く、彼自身も苦しいようだ。

しかし彼は、端整な顔に汗を滴らせ、じりじりと腰を押し進めていた。無理やり挿入することはせず、七海を気遣いながらする行為はつらそうで、思わず声をかける。

「わたしは……大丈夫です。だから……最後まで、してくださいね……?」

昂平は、『今すぐあんたが欲しくてたまらない』と言っていたが、七海も同じ気持ちだった。心身ともに彼と結ばれたい。その想いで笑みを作ると、昂平が瞠目する。

「くそ……こんなときに可愛すぎるって……そうとうな罪だからな?」

呻くように言うと、彼はふっと微笑んだ。

「あんたのこと、一生大事にする。絶対に放してやらねぇから」

まるでプロポーズのような台詞を口にした昂平は、一気に最奥まで自身を突き入れた。

「あっ、んあぁっ……！」

媚肉が引き攣《つ》れるような圧迫感に、七海は一瞬目の前が暗くなる。どくどくと胎内で雄肉が脈打つ振動にすら苛《さいな》まれ、痛みと疼きとで総身《そうしん》が震えた。

「っ、はぁっ……」

自身のすべてを収めた彼は、色気混じりの吐息を漏らす。自分を穿《うが》つ彼の表情は今までに見たどんな顔よりも魅力的だった。

七海は無意識に両腕を伸ばすと、手首を掴んだ彼が笑みを浮かべる。

「しがみついとけ。動くから」

「んっ……」

促されて彼の首筋に腕を巻き付けると、伸し掛かられた。昂平の硬い胸に押しつぶされたかと思うと、腰を揺さぶられる。

限界まで押し拡げられていた蜜窟が、抽挿によって悲鳴を上げた。彼が動くたびに媚壁が焼け焦げそうに熱くなる。けれど、嬉しかった。もっと深く昂平を知りたくてぎゅっとしがみつくと、応えるように内部を強く穿たれる。

「あぅっ……んんっ」

「……七海の中が気持ちよすぎて……おかしくなりそうだ」

荒い息遣いとともに囁かれ、胎内が狭まった。かすかに呻いた彼は、徐々に動きを速めていき、肌のぶつかり合う音が大きくなっていく。

自分の身体で昂平が感じてくれている。そう思うと、七海の心は今まで感じたことのない喜びで満たされていく。

（ああ、わたし……この人が好きだ）

昂平に貫《つらぬ》かれながら、改めて自覚する。出会ってそう時間は経っていない人に想いを寄せるなんて、今までの自分では考えられない。けれど、彼が提案してくれたリハビリで救われ、癒された。二年間苦しんでいた七海にとっては、それだけで充分だ。

恋に〝堕《お》ちる〟という初めての経験の相手が昂平だったことを幸せだと思う。

「七海……七海……っ」

愛おしげに名を呼ばれ、七海は言葉にならない想いを伝えるように彼に抱きつく腕に力をこめた。重なり合う肌から、昂平への感謝と愛しさが伝わればいいと願う。

ふたりのつながりからは、雄棒でかき混ぜられた愛液がいやらしい水音を立て、それに比例して七海の感覚から痛みが薄れていく。

いつの間にか抽挿がスムーズに進み、身体の疼きが増した。乳頭が彼の胸と擦れ、喜悦が体内に広がっていく。少しずつだが確実に快感を得ている胎内は意図せず雄槍を深く食《は》み、七海を忘我の境地へ導いていく。

「昂平さ……ンンッ、わたし……また……っ」

「達っていい。何度でも、俺の腕の中で達け、七海」

彼に告げられたと同時に、蜜襞が痙攣《けいれん》する。

膨張《ぼうちょう》した肉茎にこれでもかというほど内部を擦られ、穿たれ、貪《むさぼ》り尽くされた七海は、意識を失うまで彼の腕の中で喘いだ。

＊

ふと目覚めた昂平は、腕の中の柔らかな感触に表情を和らげた。

（やっと手に入れた）

七海と初めて出会ってから二年。その間、彼女の傷が癒えるのを待っていたが、ようやく彼女を腕に抱けたことが素直に喜ばしい。

「……あんたは、俺がどれだけ待ってたか知らないだろ」

彼女の髪を撫でながら告げたものの、七海は起きる気配がない。初めてのセックスだったのに無我夢中になり、結局は抱き潰した。それでも手加減したつもりだが、常日頃から身体を鍛《きた》えている昂平と、ふつうの女性ではそもそも体力が違う。

仕事中は冷静過ぎるほど冷静だが、好きな女の前ではただの男だ。多少浮かれて羽目を外すのもしかたのないことだった。

それでも健気に自分を受け入れてくれた七海が愛しくてたまらない。昂平は彼女の身体を優しく抱きながら、今後へ思いを馳《は》せる。

（香月長官に話を通して、早いとこ七海を囲い込むか）

彼女の父には、〝リハビリ〟と称し付き合うことは伝えている。そして、七海にはまだ伝えていないが、自分の家族にも彼女が恋人だと話していた。もちろん、『偽装恋人』云々の件は伏せているが。

（周囲への根回しは問題ない。あとは、七海の気持ちひとつだな）

七海が昂平を信用して身を任せてくれたことで本物の恋人になり、リハビリの必要はなくなった。そうなればもう、次の段階へ進むだけだ。

昂平の気持ちはすでに決まっている。もちろん、〝結婚〟である。

慎重な性格の七海は、恋人になって間もない男との結婚をすぐに踏み切れないかもしれない。しかしぐずぐずしていては、先日のように政略的な縁談が持ち込まれないとも限らない。何よりも、七海が元婚約者のような男に迫られる可能性がある。

今日はたまたま助けることができたが、いつも助けられるわけではない。自分の目の届かない場所でほかの男にちょっかいを出されるのは嫌だった。

性急だと自覚はある。しかし、対外的に自分のものだという証を彼女の薬指につけて少しでも安心したい。それは、昂平の置かれた立場も影響している。

(何もないとは言い切れない。それが俺の仕事だ)

先に七海に語ったように、この部屋には家具や日用品の類《たぐい》は極力増やさないようにしている。何が起きるかわからないのが、ＳＰという仕事だ。要人を守るために自分が傷つき、負傷する場合もゼロではない。

警護課が創設されたのが一九六五年。その前年に起きたアメリカの駐日大使襲撃事件がきっかけで要人警護の重要性が認知された。要人警護のスペシャリストのＳＰは、身体的能力もさることながら、〝警護対象者を命がけで守ることができるか〟という資質も重要視される。

昂平は、いまは亡き菅宮からＳＰとしての心構えや職務に対する矜持《きょうじ》をたたき込まれた。警官としての彼の精神を受け継ぐために、職務に命を懸《か》けることを決めている。

(それでも、欲しい女ができて手に入れたんだから、俺もたいがい身勝手だな)

自分の腕の中で安心しきって眠る七海の信頼は、絶対に裏切らない。彼女のこめかみにキスを落として誓いを立てたとき、七海が身動ぎした。

「……昂平、さん……もう、起きる時間ですか……?」

「いや、まだ夜中だ。寝てていいぞ」

眠たそうな顔で見上げてくる彼女に告げると、七海はふわりと微笑んだ。

「……今日は、仕事なんですよね？」

「ああ。本当は、あんたと一日中一緒にいたいところだけどな」

本音を漏らして抱きしめる。七海は今日休みだし、初めて抱いたときくらいゆっくり過ごしたかった。昨日、元婚約者に会ってした嫌な気分を払拭するくらいに甘やかし、ふたりの時間を楽しみたい。

昂平は内心でため息をつくと、七海の顔をのぞき込んだ。

「一泊でもいいから、今度休みを合わせて温泉にでも行かないか？」

「えっ……」

「三係に戻ったらしばらく時間取れそうもないから、戻る前に休みが取れることになってる。具体的な休みの日付けはまだ決めてねぇけど、たぶん来月の中旬になる。そのころの七海の休みに合わせるから、一緒に小旅行しよう」

昂平の提案に最初は驚きの表情を浮かべた七海だが、嬉しそうに顔を綻ばせた。

「行きたいです。そろそろ来月のシフトが出るので、確認してからまた連絡します」

「ああ」

裸で抱き合いながらふたりで旅行の話をする。昂平にとっては、やすらげる時間だった。

要人、とりわけ国賓の警護では、いつも〝自分の身に不測《ふそく》の事態が起きたとき〟を心の片隅で想定している。実際、表沙汰になっていない小規模の襲撃事件は、来日した要人を追ってきた海外のテロ組織等が起こしている。

ＳＰはまず警護対象の安全が最優先事項のため、犯人に応戦するよりも守ることに比重を置く。要人の盾になりながら、襲撃犯の脅威《きょうい》から遠ざけなければならない。そのため、危険は常に付きまとう。某国の国王が来日する来月は、気が休まらない日が続くだろう。

「この部屋の鍵《かぎ》、七海に預けておく」

「鍵……って」

「持ってれば、いつでも来たいときに来れるだろ。部屋の中は過ごしやすいように変えていいから」

七海が自分を信頼してくれた気持ちに応えたい。会えない時間が続いたとしても、少しでも安心させたい。それが昂平にとっての愛情の示し方である。

「ありがとうございます……でも、勝手に出入りして本当にいいんですか？」

「よくなきゃ鍵は渡さねえよ。七海だから持っててほしいんだ」

彼女を抱きしめながら告げると、遠慮がちに腕を回してくる。素肌の感触が心地よくて、ふたたび七海を貪りたくなってくる。だが、さすがにあと数時間後に出勤とあり、壊れかけた理性を総動員させて衝動に耐えた。

「……とりあえず、一泊旅行を目標に耐えるか」

「何に耐えるんですか？」

「決まってんだろ。七海を思う存分抱くことだよ。本当は今だって、抱きたくてたまらないけど、仕事があるから我慢してる」

ストレートに言うと、七海が動揺して目を泳がせる。先に告げたのは偽りのない本心だが、さすがに初心者に無理はさせられない。それくらいの分別はある。

「昨日もけっこう無理させたよな。悪い。身体つらくないか？」

「いえ……昴平さん、優しかったですから……気にしなくて大丈夫です」

昨夜のことを思い出したのか、七海は気恥ずかしそうだった。だが、とても幸せそうな表情をしている。

（もしも俺が優しいとしたら、相手が七海だからだ）

菅宮の死にショックを受けていた昴平に傘を差しかけてくれたときから。七海は、昴平にとって特別な存在だった。

「……もう少し寝てていいぞ。起きたら飯食おう」

「そうですね……じゃあ、少しだけ寝ます……」

やはり疲れが残っているのか、程なくして七海はふたたび眠りに落ちる。彼女の寝顔を見ているだけで、心が満たされた。

危険を伴う仕事に就いているからこそ、後悔だけはしないように生きている。それは、昂平のスタンスだ。迷う時間があるくらいなら即断即決《そくだんそっけつ》する。――たとえそれが、人生において一番といえる大きな決断だとしても。

(信用してくれた七海のために、自分の中にあるすべての愛情を注《そそ》ぐ)

眠っている七海の左手を取り、薬指に口づけを落とした。

*

八月に入ると猛暑日《もうしょび》が続き、厳しい暑さが続いている最中。昂平の運転する車で彼の懇意にしているという温泉宿にやってきた。

彼が七海の父・和夫の警護から離れ、国賓の警護メインの三係に戻ることになった。そのため、今までよりも時間の自由が利かないことから、ふたりの時間を取るべく小旅行をすることになったのである。

(なんだか、まだ地に足がついてない感じだな)

昂平と『偽装恋人』を終えて本物の恋人になったが、七海はまだどこか実感がない。

それまでは、何を決めるにも熟考して立ち止まることが多かった。けれど、彼と出会ってからは目まぐるしく状況が変化している。そして、七海自身の気持ちも変わった。

(昂平さんと出会えて本当によかったな)

彼が父のSPでなければ、関わることはなかった。ふつうの出会いでは、異性と距離を置いていた七海が彼と会話をすることもなかったろう。

けれど、昂平は警護対象の家族というだけの七海にも優しかった。元婚約者の言動で臆病になっていた七海を守り、癒してくれた。

二年間動かなかった七海の時間は一気に動き出し、一気に加速していく。行き詰っていた目の前が開け、光が射し込んだような高揚感で浮かれていた。

「そろそろ目的地に着く。疲れてないか？」

「大丈夫です」

運転席の彼に答え、笑みを浮かべる。

今日の目的地は箱根《はこね》である。東名高速《とうめいこうそく》道路から小田原厚木《おだわらあつぎ》道路を経て、都内からは車で約一時間半で着いた。

車内から芦ノ湖《あしのこ》が見えてくると、抜けるような青空と相まって美しい光景が視界に広がった。湖を見下ろすように富士山《ふじさん》がそびえ立ち、湖面には可愛らしい遊覧船《ゆうらんせん》が浮かんでいる。眺めているだけで楽しい気分になり、自然と笑顔が多くなる。

「箱根神社で参拝《さんぱい》してから宿に行く。一泊だからあんまり観光できないけど」

「充分です。箱根神社ってパワースポットなんですよね」

「みたいだな。勝負運とか恋愛運がアップするって前に聞いた。そのほかにも、出世運、金運、健康運……総じて運気が上がるって話だ」

昂平は、以前職務で国賓の警護をした際に、箱根神社に訪れたことがあるという。SPは、国賓が行う公務から、お忍びで出かけるときまで常に付き従っている。そういった経緯から、一度行った場所の知識は頭に入っているが、プライベートで来たことはないらしい。

「矢立《やたて》の杉は、坂上田村麻呂《さかのうえたむらまろ》が矢を献上《けんじょう》して心願成就《しんがんじょうじゅ》したことが由来らしい。その後、源頼朝《みなもとのよりとも》や義経《よしつね》、徳川家康《とくがわいえやす》も田村麻呂にならって戦勝を祈願したって言われてる。本堂に向かうときに上る階段が八十九段だから厄《やく》落としのご利益《りやく》もあるみたいだし、安産杉《あんざんすぎ》なんてのもある」

すらすらと情報が出てくることに驚きつつ、七海が首を傾げる。

「昂平さんは、何をお願いするんですか？」

「そうだな……強いて言えば人生最大の勝負に勝てるように、だな」

彼の表情は、どことなく決然として見える。七海はその横顔に見惚れながら、心の中で願う。

昂平が何をなそうとしているとしても、その願いが叶えばいい、と。

箱根神社は、彼の言うように参拝スポットが満載だった。

ふたりで手をつないで歩きながら、名所となっている場所を巡る。途中、ホテルの先輩・木村に頼まれていた縁結びのお守りを買い、昂平には仕事お守りを買った。仕事お守りには『仕事完遂《かんすい》』、『所願《しょがん》成就』といったご利益があり、彼にぴったりだと思ったのだ。

昂平は、「大事にする」とすぐにポケットにしまった。そして、「あんたにはこれ」と、箱根寄せ木細工の幸福お守りをくれた。

「初めての旅行でお守りを渡し合うって、なかなか渋いな」

「たしかに……そうですね」

「けど、悪くねぇよな、こういうの。七海からもらったお守りは、仕事中も持ってくから」

そう言って笑った彼を見て、胸が締め付けられるようなときめきを覚えた。

（そういえば、ふたりで旅行も初めてだけど、恋人になって初めてのデートなんだよね）

このところ昂平の時間が空かないこともあり、もっぱら会うのは彼のマンションだった。少しの時間でも顔が見たくて、預かった合鍵を使って部屋で彼を待ったこともある。

彼は七海を自分のテリトリーに入れることを厭《いと》わない。それどころか、『いっそここに住めばいいのに』とまで言っている。さすがにそこまでの勇気はまだないが、いずれそうしたいと思っている自分がいる。

七海の心の中心にいるのは昂平だ。いつからだったのかを明確に意識したことはない。けれど、すでに彼のいない生活は考えられない。何をしてもどこにいても、思うのは彼のことばかりだった。

「じゃあ、そろそろ宿に行くか」

参拝を済ませると車に戻り、宿へ向かうことになった。箱根神社の周辺を少し巡っただけでチェックインの時間が迫っていたことに、七海はこっそり驚く。それだけ彼とのデートが楽しかった証で、自覚すると照れくさかった。

「たしか宿は、昂平さんの馴染みの方が経営してるんですよね」

一泊旅行が箱根に決まったのは、温泉に入りたいというふたりの希望もあったが、彼の昔馴染みが温泉宿を経営しているのも理由のひとつだ。昂平いわく、『俺が恋人を連れて行くって言ったら一番いい部屋をとってくれた』らしい。

同じ宿泊業に従事しているからわかるが、この時期は何カ月前から予約しないと宿は取れない。それだけに、彼の昔馴染みの気遣いはありがたかった。

「料理も温泉も最高なんだ。うちの家族もたまに泊まりに行くらしい」

〝家族〟のひと言にドキリとする。彼の口から家族について語られたことはほぼないからだ。唯一知っていることといえば、水嶋ホールディングスという巨大企業を経営していることだけである。

「そういえば家族のことは話してなかったな」

彼も気づいたのか、苦笑する。話題にしたくないわけではなく、純粋に忘れていただけのようで七海は安堵《あんど》した。昂平が家業とまったく違う道を進んでいるのは、家族と不仲という可能性もあるからだ。

正直に七海が告げると、「変な気を遣わせたな」と前を見据えたまま彼が言う。

「不仲ってわけじゃないしむしろ仲はいいほうだ。ただ、一時期〝水嶋〟の名前が煩わしかったことはある。自分が何しても『さすが水嶋の御曹司』って言われてたからな。けど、今はそんなふうに思ってない。水嶋の名前でもなんでも必要なら利用する」

彼がそう言えるようになるまでは、葛藤《かっとう》があったのだろう。けれど、そう感じさせない強さが今の昂平にはある。またひとつ彼を知った七海は嬉しくなった。

「そのうち七海にも会わせる。両親も兄貴も、七海と会ったら喜ぶと思う」

「は、はい……」

まったく予期していなかった言葉に動揺しつつも、安心させようとしてくれる気遣いを感じ、彼に微笑みかけた。

(ご両親とお兄さんか……お会いするとしたら緊張するだろうな。ご家族に挨拶するなんて、まるで結婚の報告に行くみたい)

なんの気なしに想像し、顔が熱くなる。

(結婚って、まだ付き合って間もないのに……浮かれ過ぎだってば)

七海が心の中で自分を戒めているうちに、箱根神社を後にした車は、やがて芦ノ湖スカイラインへ進路をとった。箱根外輪山《がいりんざん》を縫《ぬ》うように走る道路は、全長約十・七キロメートル。絶景ポイントが数カ所配されており、ドライブには最適の道である。

徐々に陽が傾き始め、箱根に着いたときとは違う景色を車窓に映している。七海が見入っていると、車が三国峠《みくにとうげ》の駐車場に入った。芦ノ湖スカイラインの中でもっとも標高《ひょうこう》が高い展望《てんぼう》スポットである。

「ちょっと降りるか」

彼に促されて車を降りると、澄んだ空気が心地よかった。標高が千七十メートルあり、富士のすそ野まで見渡すことができる。今は少し富士の上空に雲が出て、その全貌を確認することは叶わないものの、それでも素晴らしい眺望《ちょうぼう》である。

「絶景《ぜっけい》だな」

「ですね……」

眼前の大パノラマに見入って感嘆の声を漏らす。周囲には人影はなく、見事な景色をふたり占めだ。贅沢《ぜいたく》な気分で富士のすそ野に目を凝らしていると、不意に背中から抱きしめられた。

「昂平さん……？」

突然の行動に驚いて名前を呼ぶと、さらに強く抱きすくめられた。

「結婚してくれ」

「え……」

「俺と結婚してくれ、七海」

「結婚……？」

七海は驚きのあまり、ただ彼の言葉を繰り返すしかできなかった。

先ほど車の中で〝結婚〟の二文字を想像し、ひとりで照れていた。しかし、想像でも妄想でもなく、昂平は七海に結婚を申し込んだのだ。

（冗談……のはずない。この人は思っていることしか言わないから）

彼が本気なことを悟り、心臓の拍動が大きくなっていく。

昂平が七海を結婚相手として考えてくれたことは素直に嬉しい。ただ、付き合って間もないのに人生において大きな決断をしてもいいのかという迷いがある。

（もしかして昴平さんが、『人生最大の勝負に勝てるように』って言ってたのって……プロポーズのことだった……？）

箱根神社に向かう車中で、やけに真剣な表情だった彼の様子を思い浮かべた七海は、彼の腕に自身の手をそっと添えた。

「……どうして、わたしなんですか？」

「七海に『偽装恋人』を持ち掛けたときは、勘だって言ったよな？　けど、今は勘じゃなくて確信がある。この先、あんた以上に好きになれる女は現れない」

力強い台詞に、七海は心臓を鷲づかみにされた。

彼と会うまでは、二年間異性を遠ざけてきた。また傷つくくらいなら――傷つけられるくらいなら、男性と関わりたくないと思った。

そんな七海が、昴平と接していくうちに変わっていった。彼なら信じられると思える出来事がいくつもあったから。

昴平は、臆病だった七海に〝恋〟を教えてくれた。先ほど彼が言ってくれたように、七海自身も彼以上に好きになれる男性は現れないと思っている。

「七海」

彼は抱きしめていた腕を解き、七海と向かい合わせになった。予想以上に強い眼差しを注がれて目が離せない。

「俺は、あんたとこの先も一緒にいたい。絶対に傷つけないって約束する」

昂平はポケットから小さな箱を取り出した。箱の蓋を開け、七海に差し出す。ビロードの箱に収まる美しいフォルムの指輪は、台座にひと粒の大きなダイヤが輝いている。明らかに特別だとわかる代物《しろもの》だ。

「いつの間に準備してたんですか……？」

「七海を初めて抱いたとき、寝てる間にこっそりサイズを測っておいた。リハビリも終わって本当の恋人になったんだ。その先を考えるのは当然だろ」

ということは、七海が彼と恋人になって浮かれている間に、彼はすでに結婚を考えて指輪を用意してくれていたのだ。

七海はあまりにも想定外の行動をする昂平に、つい笑ってしまった。

彼の決断力と行動力は、自分にはとうてい真似できない。けれど、昂平のこういう部分に救われた。

（この人は、自分自身を信じている。だから、迷わない）

しかしそれでも、彼もまた悩み迷うこともあるだろう。そういうときに支えるのは自分であればいいと――昂平を支えたいと思う。

「……わたしも、あなた以外の人は考えられません」

「なら……」

「昂平さんと結婚したいです」

今までの人生で、これだけの大きな決断を即決したことはない。不安がないと言えば嘘になるし、彼の相手が自分でいいのか迷いもある。

だが、昂平が自分を結婚相手に選んでくれたのなら、その想いに応えたい。不安や迷いよりも、彼とこの先の人生を歩んでいきたいと思う。

「わたしと結婚したいと望んでくれたのが……すごく嬉しいです」

面白味がなく、生真面目なだけの女だと、元婚約者から言われたことはずっと心に残っていた。けれど、昂平が選んでくれた自分を誇りたい。もう自らを卑下《ひげ》したりしない。

「ありがとうございます。わたし、昂平さんが大好きです」

指輪を受け取ると、心の底からの笑顔を向ける。すると彼は、箱から指輪を取り出した。七海の左手を取って薬指に嵌《は》め、満足そうな表情を浮かべる。

「ぴったりだな」

「ありがとうございます……とても綺麗だから着けるのがもったいないくらい……」

「あんたが俺のものだって印なのに、着けなくてどうすんだよ」

次の瞬間、強く掻き抱かれたかと思うと唇を重ねられた。激情をぶつけてくるかのようなキスに驚きながらも、彼の背に腕をまわす。

「ン……ッ」

口腔に入ってきた舌が、粘膜を擦り立てる。彼のキスはいつもよりも激しく、しがみついていないと立っていられなくなる。

舌の表裏を隈なく舐めながら、頬の裏や上顎をねっとりと辿られる。彼の舌の動きは烈《はげ》しく、溜まった唾液が撹拌《かくはん》されてくちゅくちゅと音を立てた。

人影がないとはいえ、ここは公共の場だ。いつ誰がやって来るとも限らない。そう思うのに、プロポーズされた喜びでキスに耽溺《たんでき》してしまう。

（どうしよう……こんなの夢みたい）

しばらくの間、互いの唇を貪って喜びに浸《ひた》る。どれくらいそうしていたのか、昂平はキスを解くと、至近距離で囁いた。

「今すぐ抱きたい」

「い、いきなり、そんな……」

「プロポーズして受け入れてもらったら、浮かれて当たり前だろ」

直接的な誘いは照れるし恥ずかしい。でも、七海も彼と同じ気持ちだった。小さく頷くと、昂平は七海の右手を取って足早に車へ向かう。

（わたし……昂平さんと結婚するんだ）

左手の薬指に輝く指輪を見た七海は、幸せな気持ちでいっぱいになっていた。

第五章　幸せにしたい人

衝撃の箱根旅行から一週間後の夜。七海は先輩の木村とともに、加藤の店を訪れた。箱根土産《みやげ》を渡し、昴平と婚約したことを伝えるためである。

「まさか香月が、こんなに早く結婚を決めるなんて驚いたわ」

「わたしも驚いてます」

カウンター席に並んで座ると、木村はさっそく七海の薬指に目を向ける。

「旅行先でプロポーズなんて用意周到だったのね、香月の恋人は。羨ましいわ」

「本当に、わたしも全然知らなくて……戸惑いはあったんです。でも、結婚するならあの人以外とは考えられないから」

「香月が惚気《のろけ》られるくらい幸せになってわたしも嬉しいわ」

しみじみと語る木村に、感謝をこめて笑顔を向ける。二年前の一件を知っている彼女は、何かと気にかけてくれていた。この前、後藤に待ち伏せされたことを話したところ、我がことのように怒った木村は、『今度何かあったらわたしに連絡しなさい』と言ってくれた。

「二年前は、先輩のおかげでなんとか立ち直れたんです。いつも助けてくれてありがとうございます」

「何言ってんの。わたしは何もしてないわよ。それよりも、香月の恋人の話聞かせてよ。水嶋さんだっけ？　警視庁のエリートなんでしょ」

興味深そうな顔で、木村が身体を近づけてくる。七海が苦笑したとき、カウンターのテーブルにふたり分のシャンパングラスが置かれた。

「おめでとうございます、香月さん。昴平から聞きました。これは俺からのお祝いです」

「ありがとうございます……！」

店のオーナーシェフの加藤が、婚約祝いにシャンパンを出してくれた。七海はありがたく受け取ると、木村にシェフを紹介する。

「シェフは、水嶋さんの高校の先輩なんです」

「それなら、いろいろ彼のことを知っていそうね」

木村は昴平のことを聞く気満々といった様子で、カウンターテーブルから乗り出し、加藤に微笑みかけている。

七海はふたりの様子を眺めながら、自分の薬指に目を落とした。

（あれから五日経ったのに、まだ夢の中にいるみたい）

昂平がしてくれたプロポーズを思い出すだけで涙ぐみそうになるし、指輪を見れば知らずと頬が緩む。今が人生で一番幸せだと思えた。

「そういえば昂平、今、忙しいんだって？」

加藤の問いかけに、七海は頷いた。

「はい。だから、しばらくは顔を合わせられないって……」

彼が三係の職務に就く前に得た休日を利用し、箱根旅行に行った。きっと昂平は、会えない間も七海が不安にならないようにふたりで過ごす時間を作り、プロポーズしてくれたのだ。そのおかげで、心はとても凪いでいる。何があっても平気だと思えるほどに。

（本当に、敵《かな》わないな……）

指輪をそっと撫でた七海は、箱根での一夜を思い返した。


――宿泊予定の温泉宿は、三国峠から車で十五分程度走った場所だった。

チェックインの手続きを済ませると、スタッフに案内されて、宿の中で一番だという部屋に通された。モダンな造りの和室で、専用の露天《ろてん》風呂付きである。

（……昂平さんがあんなこと言うから……変に意識しちゃう）

『今すぐ抱きたい』――三国峠で彼に告げられた七海は、食事をとっている間もずっとそわそわしてしまっていた。

部屋まで料理を運んでくれたスタッフは、細かに料理について説明をしてくれたが、どうにも耳に入ってこない。

地産地消《ちさんちしょう》を掲げ、地元の食材を使った料理の数々に舌鼓《したつづみ》を打ちながらも、ちらちらと昂平の顔を見てしまう。

そして、気がそぞろになってしまう理由がもうひとつある。薬指の指輪だ。

プロポーズをされ、指輪を薬指に嵌めてもらった。昂平の行動ひとつひとつに想いがこめられていることを感じ、時間が経つほどに感動が大きくなっている。

「七海、デザート食わないのか？　美味いぞ」

箱根の有名店が作っているという饅頭《まんじゆう》を口にし、昂平が首を傾げる。

カステラの生地《きじ》に白あんが詰まった饅頭は、土産としても人気の品らしい。ふだんなら食べるところだが、今日は胸がいっぱいで食べられそうにない。

「……プロポーズが嬉しくて、食事が喉を通りません」

素直に伝えると、昂平が不敵に口角を上げた。

「今ので完全にスイッチ入った。少しはのんびりさせてやろうと思ったのにな」

彼は突然立ち上がったかと思うと、七海を引き立たせた。そのまま軽々と抱き上げられ、露天風呂の脱衣所《だついじょ》まで大股で歩いていく。

「こっ……昂平さん……？」

七海が声を上げるのも構わずに、昂平は脱衣所に入った。中で下ろされると、ワンピースのファスナーを下げられる。

「な、何するんですか……」

「脱衣所にきたらやることは決まってるだろ」

床に落ちた服を拾った彼は、籐《とう》の籠にそれを入れると自分の服を脱ぎ始めた。

あっという間に身に纏うすべての服を脱ぎ去り、逞しい身体が露《あら》わになる。恥ずかしくて目を逸らせば、彼は露天風呂へ続くドアを開けた。

「風呂、先に入ってるからな」

「えっ！」

「待ってるから早く来いよ」

答えを待つことなく、昂平は露天風呂へ足を踏み入れた。脱衣所に残された七海は、どうするべきか迷いながら、脱衣所の中を見まわす。

彼と一緒に風呂に入るのは、さすがにハードルが高い。肌を見せるのが恥ずかしいのだ。

だが、それよりも昴平に対する愛しさが勝っていた。

旅行に合わせて婚約指輪を準備し、最高のシチュエーションでプロポーズしてくれた彼の気持ちに応えたい。どれだけ自分が喜んでいるかを伝えたかった。

婚約指輪をそっと外し、籠の中に大切にしまうと、髪を纏め、下着に手をかける。

風呂の準備はしていなかったが、脱衣所には浴衣やタオル、化粧水などのアメニティは揃《そろ》っていて種類も多い。何も用意せずとも入れるように配慮されていた。

（お料理も美味しかったし、部屋の中も落ち着いた雰囲気で……いいお宿だな）

七海は予想以上に自分が浮かれていることを自覚しつつ、タオルで身体を隠すと、露天風呂に続くドアを開ける。

湯船《ゆぶね》に浸かっていた昴平は、何かを噛みしめるように目を瞑《つぶ》り天を仰いでいた。

七海が入ってきたことに気づくと瞼《まぶた》を開け、ふっと笑った。

「来ないかと思ってた」

「……昴平さんに、お礼がしたかったんです。プロポーズも指輪も、すごく嬉しかったので」

それは、七海の正直な気持ちだ。昴平は笑うと手招きし、湯船に入るよう告げる。

「この風呂は入浴専門だから、今日みたいな汗を掻いた日にちょうどいいぞ」

「そうですね。気持ちよさそう」

七海は彼に背を向けてタオルを取ると、湯船に入った。総檜《ひのき》造りで、源泉かけ流しである。少し熱めの湯は心地よく、疲れを癒してくれる。

「なんでそんなに離れてるんだ」

湯を満喫《まんきつ》していると、昴平の腕が伸びてきた。湯の中にいるため移動はたやすく、横抱きで彼の膝の上に座らされた。

「あー、落ち着いた」

「わたしは……全然落ち着きません」

「なら、もう少し俺に慣れさせないとな」

昴平は七海の腰を両腕で抱き、自身の胸にもたれさせる。

「七海が慎重な性格なのは知ってたからな。俺たちは恋人になって間もないし、プロポーズを受け入れられるか緊張してたんだよ」

「そうなんですか……？」

「好きな女が相手なんだ。俺だって不安になるし緊張もする。けど……」

一度言葉を切ると、昴平は真摯な声で告げた。

「結婚するならあんたしかいないって自分の気持ちは決まってる。もしも断られたら、なんとしても口説き落とすつもりだった」

彼は腰を抱いていた腕を移動させ、七海を向かい合わせに座らせた。

ゆったりとしたしぐさで胸をまさぐられ、ぴくんと身体が反応する。

「んんっ……」

とっさに彼の肩を掴むと、乳頭を指の腹で転がされ、七海は小さく喘ぎを漏らした。長い指で挟まれて揺さぶられたかと思うと、ぐりぐりと扱かれる。

透明なお湯の中で変化する自分の身体が直視できない。

「こんなところ、で……」

「プロポーズを受け入れられて浮かれてるんだ。あんたは違うのか？」

言いながら、彼は互いの腰を密着させた。腹部に擦りつけられた昴ぶりの猛々しさに肌が粟立つ。愛撫はどんどん熱を増していき、七海は悩ましげな吐息を漏らす。

「も……お風呂でこれ以上は……」

「我慢できなくなるか？」

昴平の問いに羞恥を堪えて頷くと、彼は薄く笑った。

「安心しろ、俺もだ」

「あっ……」

腕を引かれ、彼の膝の上に座らされる。硬いものが湯の中で割れ目に触れた。無防備な秘部に生身の雄肉が触れる感触に、蜜孔が疼き出す。

「七海、胸、舐めたい」

「そんな、こと……今まで言わなかったのに……」

「協力してもらわないと舐められねぇだろ？」

誘うように彼に見つめられると逆らえない。気持ちよくなれることを知っているから。

七海はおずおずと膝立ちになり、彼を見下ろした。

ちょうど胸のふくらみが昂平の顔の前にくる位置になり、とてつもなく恥ずかしい。それでも逃れないのは、自分も彼を求めているからだ。

「絶景だな」

彼は赤い舌を見せつけるように出し、胸の頂きに巻き付けるようにして舐め回した。

先ほど指で転がされて敏感になった乳首が、今度は柔らかい感触に包まれる。落差のある快感に七海は陶酔《とうすい》し、肩を掴んでいる手に力がこもる。

「あぁっ……ンッ」

ぬるりとした舌先に乳首をもてあそばれると、蜜孔がきゅんきゅん疼く。芯を吸い出すような動きで唇に含まれ、背筋をのけ反らせたとき、視界の端に鏡を捉えた。

（こんなにいやらしいことしてたんだ……）

鏡は湯気で煙《けむ》っていたが、それでも自分の顔は判別できる。鏡の中の七海は欲情し、自ら胸を衝き出して昂平にねだっているような格好をしている。

パッと目を逸らすと、今度は自分の胸をしゃぶっている昂平と目が合った。

不敵に笑う彼を見て、蜜路が微動する。視覚的にも感じて恥じ入っていると、彼は七海の臀部に手を這わせ、割れ目を探って蜜孔に指を突き立てた。

「んぁっ！」

彼の指を呑み込んだ淫口が狭まり、媚肉は微動を繰り返す。昂平は乳頭を舐め転がしながら蜜孔を指で刺激し、内部を指で旋回する。

「いや、ぁっ」

「七海の中、とろとろだ」

一瞬胸から唇を外した昂平が笑い、ふたたび乳頭に吸い付いた。双丘を満遍なく舌でもてあそび、媚肉を擦り立てる。

上半身と下半身に違う刺激を与えられ、お湯の中で膝が震え出す。

彼に触れられると、自分の身体が制御できない。それが怖いのに、もっと欲しくてたまらなくなる。

「昂平さ……おねがい、い……」

最奥が強烈に疼き、七海は無意識に欲求を口にする。この高まりを昇華してくれるのは、世界でたったひとり。昂平だけだ。

顔を上げた昂平が蜜口から指を引き抜くと、七海は腰を支えきれずに膝が崩れた。すると、足の間に彼の昂ぶりを感じてドキリとする。

「わかるだろ。七海といるといつだって抱きたくなる。俺がこんなふうになるのは、あんたに対してだけだ」

昂平は七海の腰を両手で掴み、湯船で少し浮かせた。態勢を整えようと腰を引くも、肉傘と蜜口が触れて肩が上下する。

（こんなに……いつの間に……？）

彼の興奮を直接感じて視線を彷徨わせると、

「あんたのここ、ぬるぬるしてるからすぐに入るぞ」

湯の中で自身の棹を持った彼が、雄棹のくびれで花蕾を刺激してきた。

薄い膜を隔《へだ》てていないだけで、雄肉の脈動がダイレクトに伝わってくる。ひどく卑猥《ひわい》な感覚が下肢を襲い、のぼせそうになる。

（気持ち、いい……）

きゅっと内奥が窄まる。目に映る彼はどこか切実そうに眉根をひそめ、それがまた色気を漂わせていた。

お互いに求め合っているのが触れ合う肌から伝わる。愛しさを伝えたくて、七海は自ら彼に口づけた。

「ンンッ……んっ」

彼にいつもされるように、自分の舌をそっと挿し入れる。ざらついた表面を撫でていき、舌裏をねっとりと舐ると、唾液が溜まってくる。それをかき混ぜるように舌を旋回させ、歯列や上顎を愛撫した。

「ん、ぅっ……」

昂平は応えるように舌を絡めてきた。そうかと思えば、七海の背中を撫で回す。あらゆる場所から快楽を与えられ、身体が蕩けていく。

「挿《い》れたい。部屋まで待てない」

唇を離した昂平が切なげに囁く。七海は彼に抱きついた。言葉だけじゃ伝えきれない。触れ合うことでしか伝わらないこともあると、彼と身体を重ねて気づいた。

昂平はやや体勢を変化させ、張り詰めた肉塊でぐりぐりと蜜孔を刺激してくる。じれったいようなむず痒さが全身に広がり、七海は背をのけ反らせた。

そのとき、ずぶりと彼の先端が蜜孔を貫いた。同時に腰に力を加えられ、肉茎を根本まで収めることになった。

「んぁっ！　やぁっ……」

自重《じじゅう》がかかってしまい、より深く彼を招き入れている。内側が圧迫されて目の前が眩みながらも、七海は喜びで顔を綻ばせた。

「昂平さ……こう、へ……んっ」

「平気か？」

「んっ……おっきく、て……苦し……」

「そんなこと言われると、よけい苦しくさせるぞ」

言いながら、ゆっくりと腰を揺さぶられる。座位だから激しさはないが、その分挿入が深い。奥まで彼に満たされ、雄槍が少し動くだけでも媚肉と擦れる。それが、言葉にできないほど心地よく、七海を陶酔させる。

知らずと腰を揺らすと、彼と動きがぴったり合わさり、淫らなダンスを踊っているような心地になる。

彼は片手で七海の腰を掴み、もう片方は胸のふくらみに移動させた。唾液に濡れて勃起した乳首を扱き上げ、身の内に収めている雄槍を締め付ける。

(好きな人と結ばれるのがこんなに嬉しいなんて……今まで知らなかった)

昂平に恋をして、初めて肌を重ねる心地よさを知った。好きな人に抱かれ、求められる嬉しさはひとりじゃ経験できない。

「は……ぁっ……溺《おぼ》れそうだな」

目もとを赤く染めながら昂平が言う。それは自分の台詞だと言いたいが、唇から漏れるのは嬌声のみで上手く言葉にならない。

せめて態度で表したくて抱きつけば、下から突き上げられた。

「ンッ、急に……激しっ……い……っ」

「悪いな、今日は自分を抑えられない」

昂平は腰を前後に揺すり、七海を責め立てる。彼の下生えと淫芽が擦れ合い、さらなる悦楽を植え付けられてしまう。媚壁はこれでもかというほど肉槍を深く咥《くわ》え込み、ふたりの間は隙間なく重なっていた。

彼の動きが激しくなると、湯が大きく波を打ち飛沫《しぶき》を上げる。顔や髪に湯がかかるも、それに構う余裕はない。心身ともに、昂平に夢中だった。

彼と恋人になれたのは、人生で一番の幸運だ。それどころか好きな人と結婚できるなんて、もうこれ以上の幸せはないと思える。

「昂平さ……わたし、幸せで、す……っ」

「俺もだ」

短く答えた昂平は、つながりを解いて立ち上がった。突然失った快楽の塊《かたまり》を求めるように蜜壁が疼き、呆然と彼を見上げる。

「昂平……さん……?」

「そんなに残念そうな顔するな。このままだとのぼせるから体勢を変えるだけだ」

七海を促し檜《ひのき》の床に座らせた昂平は、大きく足を開脚させた。

先ほどまで大きな肉槍を受け入れていたため、淫孔は痙攣している。

M字に開かれたことでとろりと愛汁が床に広がると同時、ふたたび雄肉を挿入された。

「あっ……んぁっ!」

ふたたび突き込まれ、胎内を満たしていた愛液が押し出される。

体位が変化したことで雄棹と媚肉が擦れる角度も変化し、先ほどまでとは違った悦に身体全体が覆い尽くされる。

限界まで広げた足の間を雄茎が行き来し、入り口から最奥までを摩擦する。

臍の裏側がひどく熱い。湯の中にいたときと同じじか、それ以上に淫悦《いんえつ》を刻まれる。

彼が動くと肉壁が削られ、その重い突き上げにぞくぞくする。胎の中を容赦なくかき混ぜられた七海は身悶え、ひたすら快感を追いかける。

（達く……っ、達っちゃう……っ）

昂平はますます自身を漲《みなぎ》らせ、腰使いが徐々に激しさを増していた。雄茎を出し入れされる様は目を覆いたくなるほどの淫らさだったが、愉悦に塗れた思考と身体は自分の意思で動かせなくなっている。

肌を打つ音が間断なく響き渡る中、汗を滴らせた昂平が掠れた声で囁いた。

「俺は、七海を幸せにしたい……あんたを、笑顔にしたいんだ」

七海に、というよりは、自分自身の心へ刻むような台詞だった。

それが契機となって絶頂感が強まった七海は、声を振り絞って彼に伝える。

「わたしも、あなたを幸せにしま、す……んっ、あぁっ」

生理的な涙を浮かべながら答えたとき、胸を鷲づかみにされた。今までで一番苛烈《かれつ》な抽挿で、昂平は七海を追い詰める。

彼の動きに合わせて上下に動いていた胸は、昂平の指が食い込んで淫らな形に変化する。乳首を抓《つね》られ、奥底まで熱塊で犯され、忘我《ぼうが》の境地で艶声を上げた。

「達、く……も、だ、め……んっ、ぁああ……ッ」

「っ……く」

胎内が大きく波打って雄棒を絞り上げると、昂平自身が膨張する。数回腰を打ち付けた彼は、吐精寸前で自身を引き抜くと、七海の腹に白濁を散らした。

その夜、七海は、プロポーズの余韻《よいん》に浸る間を与えられず、風呂や部屋でたっぷり彼に愛されたのだった。

「――今が一番幸せな時なのに、会えないと寂しいわね」

箱根旅行を思い返していた七海は、木村の言葉で我に返った。淫らな一夜を思い出したことで、頬が熱くなっている気がして恥ずかしい。

グラスに口をつけると、「そうですね」と苦笑して頷いた。

「でも、会えないってわかってるから旅行を計画してくれたんです。今の仕事が終わったら、両親に挨拶したり結婚の準備を進めようって話してたので……無事に仕事が終わるのを待っていようと思ってます」

たしかに寂しさは否めないが、彼からもらった指輪がある。昂平のプロポーズを思い出すだけで、心が満たされていた。

七海の表情で幸せなことを悟ったのか、木村が微笑んだ。

「結婚式やるなら、うちのホテルでやればいいのに。社割《しゃわり》があるわよ、たしか。秋のブライダルフェアは間に合わないかもしれないけど、冬のフェア今から予約して行ってみれば？」

「さすがにそれは……自分の式でスタッフが働いているのを見ると、気が咎めますよ」

「何言ってんの。こういうときだからこそ、スタッフを顎でこき使っていいのよ」

「じゃあ、昂平さんに聞いてみますね」

木村に答えると、自然と笑みが浮かぶ。

まさか自分の結婚のことで誰かと話せる日がくるなんて、ほんの少し前では考えられないことだった。

二年間苦しんだのは、彼と出会うために必要な時間だった。そう思えるくらいに気持ちが前向きになっている。

木村と加藤に祝福され、七海は笑みを絶やすことなく心地よい時を過ごした。

＊

箱根旅行から戻った昂平は、香月和夫の警護における必要事項を引き継ぎ、三係の職務に就いていた。

八月下旬。予定よりも三日ほど遅れ、中東の小国の国王がお忍びで来日するため、昂平をはじめとする担当SPは成田空港第2旅客《りよかく》ターミナルへ赴いた。

彼の国王の治める国は、潤沢《じゆんたく》な石油資源の輸出を主な産業とし、莫大なオイルマネーを築いている。日本へも輸出しており、そのパーセンテージは産出量の三割にあたる。

イヤホンから聞こえる部下らの配置確認に耳を傾けながら、内心でため息をつく。厄介な警護になるかもしれないからだ。

(何事も起きないといいけどな)

今回の任務にあたる前、昂平は外事課の警官と接触した。

警視庁の外事課は三課に分かれ、ロシア東欧《とうおう》、東アジア、中東とそれぞれに担当し、国内外のテロ等の情報を事前にキャッチし、捜査するのが役目だ。

その外事課で、中東を担当している同期から極秘で情報が入った。来日する国王を狙い、暗殺を企《くわだ》てているグループがいるという。

国王は即位してそう時が経っておらず、政情もようやく安定しつつある。

日本も現国王との関係が良好なことから、暗殺が実行されて内乱が起こるような事態は避けたい。そこで外事課がこちらに情報を流し、いつも以上に警戒せよと警告されたのだ。

(俺は俺の職務をまっとうするだけだ)

「配備完了。これよりプレミアゲートへ向かう」

手の中のイヤホンマイクに短く告げ、プライベートジェット専用のラウンジがあるゲートへ足を向ける。

歩く間に周囲に視線を走らせるが、怪しい人物はいなかった。国王の暗殺を企てているのは彼の国の人間で、日本人は関係ないだろうが油断はできない。

国王は、専用ラウンジで寛《くつろ》いでいた。昂平の姿を認めると、目尻に皺を刻む。

「会えて嬉しいよ」

「こちらこそ、光栄です。遠路ようこそおいでくださいました」

アラビア語で応じた昂平が一礼する。

「では、まいりましょう」

国王の傍には、自国で雇ったSPもいるが、日本では昂平が昼夜を問わず対応することになっている。今回公務で訪れているわけではないため、遊興《ゆうきょう》の場にも付き合わねばならない。それこそ国王の訪日中は、自分のプライベートの時間はない。

昂平は七海といるときとは違い、いっさいの甘さを排して任務へ就いた。

国王が宿泊するのは、都内の高級ホテルの一角だった。最上階に一室しかないスイートルームを貸し切り、半月ほど滞在することになっている。

国王到着の数時間前には、部屋や動線はすべて検めていた。爆発物や盗聴器《とうちょう》などの不審物がないことを確認している。滞在中はホテルスタッフのスイートルームへの出入りも制限していた。ホテル側も国王の滞在は限られた人間しか知らされていない。

「これだけ厳重なら暗殺の恐れはないな」

豪奢《ごうしゃ》なスイートのリビングに入った国王が、蓄《たくわ》えた髭《ひげ》を撫でながら鷹揚に笑う。しかし昂平は表情を変えずに、「いいえ」と首を左右に振った。

「暗殺を企てているグループがいると情報が入ったのは数日前です。グループの全容がつかめていない以上は百パーセントの安全は担保できません。来日中はできるだけ外出を控えていただければありがたいのですが」

「それはできない相談だな。私は息抜きに日本へ来たんだ。極秘会談も予定されている。君らには悪いが、羽を伸ばすつもりさ」

人に傅《かしず》かれることが当然の立場にいる人物らしい発言だ。昂平は内心で嘆息し、頭を垂れた。ここで国王と揉めては警護計画に支障《ししょう》をきたしかねない。要人警護が職務である以上、警護対象者の意向に沿うのは昂平の仕事のうちである。

「我々は、粛々《しゅくしゅく》と職務を遂行するだけです。ただ、命が狙われていることは念頭に置いて行動してください」

一礼してリビングを後にしようとしたとき、「待て」と呼び止められた。

「なんでしょうか」

「以前も誘ったと思うが、私の専属護衛にならないか？　君のことは娘も気に入っていてね。今回も日本へ来たいとゴネていたよ。さすがに狙われている私とは行動させられないから連れてはこなかったが」

以前警護した際にも同じように誘われた。専属警備、そして、娘をもらってくれという打診だ。国王には男女合わせて五人の子どもがおり、そのうちの次女が昴平をいたくお気に入りなのである。

（迷惑なんだよ）

心の中で呟くが、口には出さずに淡々と応じる。

「その件は以前もお断り申し上げたはずです。私は婚約者がいますので、日本を離れるつもりはありません」

暗に、専属の話も娘も要《い》らないと匂わせる。

昴平にとって『警護』は、ただの仕事ではない。亡き恩人から引き継いだ志《こころざし》であり、彼との絆《きずな》だ。

「婚約者がいるのか。どんな女性だ？」

「私にはもったいない女性です。では、時間なので失礼します」

長くなりそうな話を切り上げた昂平は、足早に廊下に出ると、ドアの前に控えているSPに小声で告げた。

「間違っても抜け出さないように見張っていろ。今回は、以前国王が来たときの状況とは違う。日本滞在中に国王に何かあれば、下手をすれば国交断絶になりかねない」

「了解です。水嶋さんはどちらへ？」

「定期連絡だ。すぐに戻る」

部下に答えると、非常階段へ向かう。

スイート専用のカードキーを端末にかざして階段内に入ると、ポケットから携帯を取り出した。そのとき、指先にお守りが触れ、つい動きを止める。

それは、箱根で七海からもらったお守りだった。

『仕事完遂』、『所願成就』というご利益があり、昂平のために彼女が選んでくれたものだ。SPになってから、お守りを身に着けていたことはない。無信心だからだ。

だが、七海の想いがこもったお守りは持っていたいと思う。顔を合わせずとも、彼女を身近に感じることができるから。

（……たいがい俺も浮かれてるな）

昂平は自嘲すると、お守りから指を離した。

国王の滞在ホテルが七海の勤める『ル・ジャルダン』じゃなくてよかったと思う。『ル・ジャルダン』も候補に挙《あ》がってはいたのだが、ホテルの格は問題なかったものの、今いるホテルよりセキュリティ面で不安があり、候補から外れたのだ。

もしも『ル・ジャルダン』だったなら、職務中に七海の姿を見かけるかもしれない。だが、万が一にも、ほかのことに気を取られるわけにはいかない。仕事をおろそかにするつもりはないが、自分の気持ちを平静に保てない可能性は少ないほうがいい。

それに、暗殺グループがホテル内に侵入しないとも限らない。そうなれば、七海だって危険だ。危険に晒される可能性がある状況で、彼女に仕事をさせたくない。

昂平は携帯の画面をタップすると、外事課の同期へコールする。

「俺だ。その後何か情報は？」

『まだだ。現在、出入国記録を監視している。もう少し待て』

同期の言葉に、思わず顔をしかめた。

「こっちは捜査も調査もできないんだ。情報が入らないと、部下も危険にさらす羽目になる。

この案件はおまえら外事三課の仕事だろ。しっかりやれ」

外事課の中でも、三課は中東担当だ。特にサミットなどの国際的なイベントが日本で開催される場合は、国際テロ予防に努めている。

『暗殺計画はお家騒動みたいなものだろ。ただ、日本で暗殺されるわけにはいかない。グループの計画がわかったら水嶋に知らせる』

「頼んだ」

世間話もなく通話を終わらせ、壁に背を寄りかからせる。

無差別テロとは違い、今回は国王の命を狙う暗殺だ。警護という面では守りやすい。しかし、爆弾や拳銃を使用された場合や、人出の多い場所で凶行に及ばれたときは、ＳＰは警護対象者の盾として命を晒すことになる。

「……会いてぇ」

ひとり呟いた昂平は、ため息を零すと、七海へメッセージを送った。

『しばらく家に帰れない。部屋は適当に使って構わない』

事務的なメッセージだが、職務に就いている以上、緊張感を失うわけにはいかない。

七海からは、ほどなくしてメッセージが届いた。『了解です。お仕事、頑張ってくださいね』短い返答からも愛情を感じ、ふっと微笑む。

油断のならない状況において、必要なのは癒し。婚約者となった彼女が自分に笑いかけてくれるだけで、大きなやすらぎになる。

けれど今は、〝物言わぬ壁〟であるために、感情を封じた。

＊

仕事の公休日。七海は昂平から預かっている鍵を使用して彼の部屋に入った。

（あれから一度も帰ってないんだな……）

昂平から『しばらく家に帰れない』とメッセージが入って三日経つ。しかし彼が戻った気配はなく、シンクは水気もなく乾いていた。

もともと物の少ない部屋だが、主が不在だとさらにガランとした印象だ。

七海は部屋に来る前に購入した品を取り出した。彼からは、『部屋は適当に使って構わない』と言われているため、ひとまず掃除道具と調理器具を買った。

昂平が戻ってきたときに、スイーツを作ってあげたいと思ったのである。

（その前に掃除かな。終わったら、日持ちのするスイーツを作ろう）

エプロンを着けて考えていたときである。

部屋のチャイムが鳴り、驚いて肩を上下させた。

(わたしが出てもいいのかな?)

迷いながらも、インターホンを手に取って応対する。もしも自分の手に負えないようならば、家人は留守だと言って引き取ってもらえばいいと思ったのだが――インターホンの先にいたのは、意外な人物。

『水嶋昴平の兄・晋平です。香月さん、ですね?』

昴平の兄が来訪したのだ。予想外のことに混乱しつつ、七海は晋平を部屋に招いた。

主の留守に勝手に人を入れてもいいのかと迷ったが、他人ではなく彼の兄だ。わざわざ訪ねてきた人を追い返すような真似はできない。

「ご挨拶が遅れて申し訳ありません。昴平さんとお付き合いさせて頂いております、香月七海と申します」

晋平にコーヒーを差し出すと、丁寧に頭を下げる。コーヒーは缶ではなく、ちゃんとカップに入れている。食器すらほぼなかったため、七海が持ち込んだ品のひとつだ。

(カップ買っておいてよかった……)

内心で安堵していると、部屋を見まわした晋平が感心したように言う。

「以前来たときとは、雰囲気が違いますね」

「そうなんですか……？」

「ええ。昴平は、『SPという職務上、常に身辺を整理している』と、部屋には極端に物が少なかった。ですが今は、こうしてコーヒーカップもあるし、小さな観葉《かんよう》植物まである。あれはあなたが置いたものでしょう？」

「はい……その通りです」

答えた七海は、緊張を隠せずに晋平を見た。

水嶋ホールディングスの社長を務めているという彼は、昴平と面差しがよく似ていた。だが、大企業の社長を務めているだけのことはあり、オーラが漂っている。

（さすが兄弟……よく似てるな）

七海はひとり娘のため、兄弟がいるのは少し羨ましい。

「あの、昴平さんはお仕事でしばらく家を空けるそうなんです。だからわたしが、たまにお部屋に来させてもらっていて」

「知っています。だから来たんです」

「え……」

予想外の台詞に困惑すると、晋平が七海を見据えた。

「私は、貴女にお話しがあってきたんです」

「わたし に……？」

何かを見極めようとするかのように見つめられ、七海は思わず息を詰めた。

六章　ずっと、ずっと、愛してる

昂平の兄・晋平が尋ねてきてから四日後。七海は『ル・ジャルダン』社員食堂で窓の外を眺めていた。

（メッセージも来なくなったってことは、それだけ仕事にかかりきりだってことだよね）

彼は今、国賓の警護をする三係にいる。今のところ、海外から国賓が来日したという報道は目にしていない。ということは、お忍びで来日した国賓がいるのだ。

『ル・ジャルダン』にも、そうしたゲストがSPを引きつれ訪れることがある。公務ではなくプライベートで訪日した国賓を警護しているのかもしれない。

国賓級のゲストが訪れるときは、ホテルも騒がしくなる。もしも七海が予想したとおりであれば、いずれかのホテルでも対応は大変だろう。

つらつらと考えていると、木村が食器をのせたトレイを持って七海のとなりに座った。

「彼からまだ連絡ないの？」

「はい。でも、忙しいのはわかってますからそれはいいんです」

微笑んだ七海は、箱根旅行で彼からもらったお守りをポケットから取り出す。

貴金属の類はホテルで身に着けられないため、代わりにお守りを持ち歩いている。これを見ると、プロポーズされたことを思い出して幸福な気持ちになれるから。

「香月はデキた女だね。ふつうは、もっと会いたい～！　って、文句言いそうなのに。彼がいない間は部屋に行って、掃除とかしてるんでしょ？」

「うーん、それはデキた女っていうか、自分がやりたくてやってるだけなので」

木村と話しながら、七海はこの前会った彼の兄とのやり取りを思い浮かべた。


昂平の部屋に行った日、兄の晋平が尋ねてきた。それも弟を尋ねてきたわけではなく、七海に会いにきたという。

恋人の家族に『話があってきた』と言われれば、聞かないわけにはいかない。いや、むしろ積極的に聞かせてほしいと思う。

居住まいを正した七海は、静かに晋平に目を向けた。

（わざわざ会いに来たってことは、結婚についてのお話しかもしれない）

昂平にプロポーズされて受け入れたのだから、本来なら家族へ挨拶へ行くべきだ。けれど、彼の仕事の都合もあり、お互いの家への挨拶は落ち着いてからということになっている。

プロポーズを受けたことを父母には伝えている。彼らはかなり喜んでくれて、七海自身も嬉しかった。結婚の報告で、ようやく父母は二年前の婚約破棄の罪悪感から解放されたのだ。

彼もまた、家族には伝えているという。『水嶋家はそんな畏まらないでいい家だから、家族に会うときも緊張しなくていいぞ』とは、昂平の言なのだが。

（昂平さんは、水嶋ホールディングスの御曹司だし……警視庁のエリートだもの。やっぱり、ご家族も結婚相手に希望があるのかも……）

身構えた七海だが、晋平から出たのは意外な言葉だった。

「あなたに会ったら、お礼を言おうと思っていたんです」

「お礼……？　どういうことでしょうか」

「七海さんに、知っておいていただきたいと考えて、弟には言わずにここに来たんです」

晋平は、昂平が二年前に恩師と言える人物を亡くしたこと、そのときに七海と出会ったことを語った。

その当時の昂平は、ＳＰを目指すきっかけになった恩人を喪《うしな》い、自失の日々を送っていたという。

「法事から帰る途中、雨に降られたところ、あなたに傘を差し出されたそうです。それからあいつは前を向くようになった」

「……わたしが、ですか？」

「あなたは覚えていなくてもしかたありません。けれどあいつにとっては、忘れがたい出来事だったようだ。それまで見合いなんて見向きもしなかった昂平が見合いを望んだのも、結婚すると言ったのもあなたが初めてです」

水嶋家には以前より数多くの見合い話が舞い込んでいたが、昂平は見合いをするつもりはなかった。

しかし、二年前。初めて見合いをしたいと言った相手が七海だったのである。

そこで水嶋家は伝手《つて》を辿って香月家に見合いを申し入れたのだが、七海の不調を理由に断りを入れられた。

「わたし……全然知りませんでした」

「ええ。その後、婚約破棄したばかりだとお聞きして納得しました。ですが、昂平はあなたを諦めていなかったんです」

二年前、七海は婚約破棄をしたショックでそのときの記憶はほとんど残っていない。けれど、自分の何気ない行動で彼の心に変化が訪れたのなら嬉しいと思う。

だが――

「そんな些細な出来事を覚えてくれていたなんて……」

「私や父母も、当時はそう思って本人に言ったことがあります。でもあいつは、『彼女が傘を差しかけてくれたのはただの〝きっかけ〟だ』と言ったんです。きっと、本人しかわからない〝勘〟が働いたのかもしれません。昂平の本気を悟り、その後私たちは縁談をあいつに勧めるのはやめました」

「わたしも、昂平さんに言われたことがあります。SPとして危険を察知するのは勘も重要で、その勘がわたしと関われと言ってる、と……」

「昔からあいつは、勘が鋭いところがあった。特に対人関係だと鋭いんです。人の本質を見抜く術に長けているというのかな……」

晋平は、七海が知らなかった昂平の昔話をしてくれた。

小学生のとき、クラスでいじめがあったとき、いじめていた本人が嘘をついて他人のせいにしようとした。だが、昂平は最初からいじめっ子の正体を見抜いていた。陰《かげ》でいじめていたところを見つけ、犯人を明らかにしたそうだ。

また、こんなこともあった。

父親の取引先の社長に挨拶した際、のちに『あの人は嘘をついてる』と語ったという。程なくして相手の会社の粉飾決算《ふんしょくけっさん》が露見した。

知られざる昂平の過去の逸話《いつわ》に七海は驚いたが、知ることができて嬉しかった。

「昂平の勘は、侮《あなど》れないんです」

誇らしげに語った晋平は、ふと目を伏せた。

「勘だけじゃない。あいつは優しい男です。水嶋ホールディングスを継ぐのは本当ならあいつがふさわしい。そういう声が社内に上がっていることを知って……社の経営とは、まったく違う道に進んだんです」

水嶋ホールディングスでまだ彼らの父親が社長だった時代は、晋平を推す声がある一方で、昂平を支持する幹部もいたという。

社が二分《にぶん》するような派閥が形成されては、それこそ経営の支障になりかねない。クーデターなど起こされては事だと、昂平はあえて父の経営している会社に入社しなかった。

「私が社長としていられるのは、あいつが身を引いてくれたからです。だから、私は……あいつの望みなら叶えてやりたいと思っています」

七海は、熱っぽく語る晋平の話に聞き入っていた。

彼も兄想いだが、晋平も負けないくらい弟想いだ。昂平が優しい人に育ったのは、兄の存在も大きいのかもしれない。

「……昂平さんは、自分の選んだ道を後悔していないと思います。彼がSPの仕事に誇りを持っているのはよくわかっていますから」

七海の言葉に、晋平が微笑む。

「昂平は、立ち直ってからますます仕事に打ち込んでいた。この部屋に極端に物が少ないのも、『もしも職務中に何か不測の事態に陥ったとき、身辺整理で家族が困らないように』という覚悟の表れです。でも、あなたと一緒にいるようになって……少しずつ物が増えた。あなたという大切な存在ができて、仕事だけじゃなくプライベートも大切にしようとしているんだと思います」

穏やかに語る晋平は、兄弟だけあって昂平と話しているような錯覚《さっかく》をさせる。話し方は似ていないが、声や表情が昂平を想起させる。

「弟は、自分からこういうことを言わないやつなので、おせっかいですが私からお話しさせていただきました。昂平の想いが生半可ではないと知っていてほしかった」

水嶋家では、昂平が結婚を決めたと聞いて喜んでいるらしい。「落ち着いたらいつでも遊びにきてください」という晋平に微笑んで頷いた。

「……わたしは、昂平さんに救ってもらいました。だから今度は、彼を支えます。彼は強い人ですが……気が休まる場所も必要だと思うので」

昂平は、いつも七海を気にかけてくれた。女性から引く手あまただろう彼が、なぜ『偽装恋人』を提案してくれたのか不思議だったが、それには理由があったのだ。

(二年前に一瞬会っただけなのに、わたしを覚えていてくれていた)

彼の想いの深さを知った七海は、温かな感情で満たされる。

「昂平さんの昔話やご兄弟のことを教えていただいてありがとうございます、水嶋さん」

七海は礼を告げると、薬指の指輪に目を落とす。

彼のように、優しい人になりたいと思う。もしも昂平が悩んだり傷ついたときには、自分が支えたい。この指輪に誓って、大切にしていこうと心の底から思う。

「今度ぜひ、うちにも遊びにきてください。父母も喜びます」

「はい、昂平さんとふたりで伺います」

笑顔で答えると、心配が感じ入ったように言う。

「あなたとお話しできてよかった。七海さん、昂平をよろしくお願いします」

晋平は膝に手をつき、頭を下げる。その姿はまぎれもなく弟を案じる兄の姿だ。晋平の言葉に、七海は静かに頷いた。

晋平の話を反芻《はんすう》していると、木村が思い出したように言う。

「そういえば、『エヴァンジェリスト』の友達から聞いたんだけど、今、どこかの国の国王が泊まってるらしいよ。SPが大勢いて、めちゃめちゃ警備が厳重なんだって。もしかして、香月の婚約者もいるかもしれないね」

何気なく放たれた木村の発言に、ドキリとする。

『エヴァンジェリスト』は、外資系ホテルの大手で、日本でも五指に入るラグジュアリーホテルだ。『ル・ジャルダン』と同じように、要人の宿泊も多々あると聞く。

「『エヴァンジェリスト』の近所に行けば、ひょっとして婚約者に会えるかもよ?」

たしかに、国王が宿泊しているというのなら、昴平が対応している可能性は高い。

（でも……）

「もしも本当に昴平さんがいるとしても、会いには行けません。昴平さんの気が散るようなことはしたくないので」

マメに連絡をくれていた彼が、短いメッセージすら送れないほど職務に集中しているのなら、邪魔はしたくない。彼の任務が終わるのをおとなしく待つだけだ。

「心配してくれてありがとうございます、先輩」

彼女は『エヴァンジェリスト』の話を出したのは、婚約者に会えない七海を気遣ってのことだろう。少しでも気分が明るくなるように話題を提供してくれた心遣いがありがたい。

「わたしは何もできないけど、気分転換くらいは付き合うからね。あっ、そうだ！　また加藤さんのお店一緒に行こうよ。あの人、すごいカッコイイよね」

「あれ？　先輩、加藤さんがタイプなんですか？」

「まあね。街コン行ってもなかなか話の合う人に巡り合えないし。ここは頑張って加藤さんを狙ってみようかな」

「そういうことなら、ぜひ協力させてください」

木村と笑い合った七海は、彼女の恋の予感を我が事のように喜んだ。

＊

国王の警護を担当して八日目。昴平は仮眠のために本庁の仮眠室にいた。

今のところなんの問題もなく警護ができている。国王も予定外の外出はせず、外に出るときはもともと予定されていた閣僚との会談程度で、あとはホテルでおとなしくしている。

暗殺グループも鳴りを潜めていた。外事課の同期から得た情報によると、日本の反社会組織に暗殺を依頼したという話もある。

反社会組織――いわゆるヤクザが犯行を行うとなると、今度は組織犯罪対策部が絡んでくる。昂平はこのところ外事課や組対部に所属する同期と密に連絡を取り、情報を交換していた。

だが、有益な情報は得られない。結局、何かあれば現場で対応するしかない。

（とはいえ、そろそろ動きがあるかもしれないが……）

国王の滞在は半月、帰国まであと一週間である。国王も特に事件が起こらないことで、そろそろ気が緩む時期だ。こういったタイミングで事件が起きることはままあった。

警護は三交代制で行っており、昂平は昼から夜にかけての八時間を担当している。そのうえ警備部を管理する立場でもあるため、何かあったときのために本庁に詰めているのだ。

他のＳＰはホテルに部屋をとり、そこで食事や睡眠をとっている。昂平自身も食事や風呂はホテルの一室で済ませていた。

腕時計を見遣《みや》ると、午前七時。そろそろホテルへ向かい、部下から報告を聞く時間だ。

ベッドから起き上がった昂平が、大きく伸びをしたときである。

枕元に置いていた携帯の着信音が、けたたましく鳴り響いた。画面には、部下のひとりの名が表示されている。

「どうした？」

端的に問うと、部下が慌てた様子で声を張り上げた。

『国王が……国王が部屋にいません……！』

「……！」

部下の報告に一気に緊張感が走り、きつく眉根を寄せる。

「すぐに行く。おまえたちは周囲を捜せ。ホテル側に協力を仰いで防犯カメラの映像を見せてもらうんだ」

短く命じた昂平は仮眠室を飛び出すと、拳銃の保管庫へと急ぐ。

（面倒を起こしやがって）

内心で毒づきながら、ＳＰの出動装備をするべく廊下を駆けた。


昂平がホテルに到着したのは、報告があってから三十分後の午前七時半だった。

スイートルームには、夜半の警備を担当していた警視庁のＳＰ四名。そして、国王が私的に雇っているボディーガード五名と、身の回りの世話をする女性の使用人二名が集まった。

深夜から朝にかけて国王の警備にあたっているのは、使用人を除けば九名。日本でもトップクラスのセキュリティを誇るホテルのスイートの警備としては、十二分である。

（それでも、防げない事件もある）

ホテルへ来る前にタクシーの中で受けた報告によると、従業員用の通用口の防犯カメラに国王の姿が映っていたという。

「申し訳ありません、水嶋さん！　我々は持ち場を離れたことはなかったし、離れるとしても二名ひと組で交代のときだけで……」

「言い訳はいい。今は、国王の身柄を押さえることが先決だ」

部屋に集った面々に順繰りに視線を向けた昴平は、部屋の片隅で青い顔をしている使用人二名に目を留めた。彼女らを見据えると、気まずそうに目を逸らされる。

（こいつらか）

内心で嘆息し、アラビア語を使ってこの場の全員に語り掛けた。

「状況を整理しましょう」

ボディーガードと使用人は当然だが、国王の警護をするにあたってアラビア語を習得しているSPが選抜されているため、この場の共通言語はアラビア語である。

「この部屋のセキュリティレベルは国内でもトップクラスです。どんな賊《ぞく》もスイートに到達する前に人目に触れる造りになっています。至る場所に防犯カメラが備え付けられ、エレベーターや非常階段もカードキーがなければ使用できません。部屋のドアは電子ロックが三重にかけられています。あなた方もご存じでしょう」

昂平は労《ねぎら》うような眼差しで、ＳＰとボディーガードを交互に見遣る。

「あなた方に落ち度はない。いくら厳重な警備態勢を敷いても、国王本人が協力してくれなければ我々にはどうしようもない」

「ど、どういうことですか？」

困惑している部下に、昂平は淡々と告げた。

「国王は自ら脱走したとみて間違いない。そこの女性の態度を見てみろ。唇は青くなって、指先はかすかに震えている。明らかに隠し事をしていると言わんばかりだ」

この場にいる男らは、国王が行方不明になったことに動揺し、使用人の様子など気にも留めなかったようだ。

「おおかた国王は、この八日で警備のシフトがわかったんだろう。使用人に協力させ、警備の隙を突いてホテルを抜け出したってわけだ」

「す、すみません。わたしたち国王に逆らうと、職を失うだけじゃ済まないので……」

使用人のひとりが震えた声で発言する。

国王に逆らえば、帰国後は罰《ばつ》が待っている。本人とその家族の職を奪い、国に居場所がなくなると使用人は語る。

「国王は、ここ数日退屈しておいででした。それで、『ＳＰとボディーガードに囲まれていたら息が詰まる。抜け出して観光する』とおっしゃって……ですからわたしたちが協力して、国王をお外へお連れしたんです」

人目についても怪しまれないように、国王はリネンを運ぶカートに入って移動した。使用人らはカートを従業員用の通用口まで運び、そこでお役御免《ごめん》になったようだ。

現在国王には、女性の使用人がひとり付き従っているだけだという。彼らはホテルの中で着ているような民族衣装ではなく、ふつうのビジネスマンに見えるようスーツで出かけたというのだから呆れてしまう。

（ったく……馬鹿国王が）

心中で毒づきながら、昂平は使用人を見据えた。

「あなた方の事情は私たちの職務に関係のないことです。国王はどちらにおいでですか？　何事もなければいいが、あの方は暗殺される恐れがある。もしも〝盾〟がない状況で襲撃されたら命を落とすことになる」

冷静に事実だけを突き付けると、使用人はか細い声で「浅草《あさくさ》です……」と答えた。

「雷門《かみなりもん》を見て、人力車《じんりきしゃ》に乗りたいっておっしゃって、玄関からタクシーを呼んで乗り込んでいました」

次の瞬間、昂平は四人のＳＰに素早く指示を飛ばす。

「SP四名、車ですぐに浅草へ向かえ。ここからなら渋滞がなければ二十分程度で着く」

電車の場合時間は正確だが、ホテルからだと三十分以上かかる。それに今の時間帯は通勤通学のラッシュだ。車も渋滞の可能性はあるものの、麻布《あざぶ》通りから都心環状線に入れば問題なく現地に到着する。

「十分おきに俺に連絡、国王を見つけ次第迅速にホテルへ直行だ。行け！」

弾かれたように部下がスイートルームを飛び出した。昂平は、残された国王の指摘ボディーガードにも協力を仰ぐ。

「あなた方も三、四名で浅草へ向かっていただきたい。残りは部屋と周辺の警備を」

アラビア語で告げると、ボディーガードらも頷いた。彼らは土地勘に乏しいため、昂平が案内することで話はまとまった。

ボディーガードに先に玄関へ向かうよう促した昂平は、使用人に目を向ける。

「もう隠していることはありませんね？」

「は、はい……」

「それならけっこうです。国王が無事に戻られることを祈ってください」

使用人の様子で、嘘をついていないことを確認すると、すぐに玄関の車寄せへ向かった。

二台に分かれてボディーガードらとタクシーに乗ると、車は浅草へ向けて快調に走った。途中で部下から現場到着の報告が入り、二名ひと組で国王の捜索にあたらせた。

腕時計に目を遣ると午前八時。仲見世《なかみせ》通りでは、早い店はすでに開店している。国王の目撃情報が得られるかもしれないと考えたとき、携帯に連絡が入った。画面には、外事課の同期の名が表示されている。

「どうした？」

『昨日の深夜に入った情報だ。暗殺グループのうちメンバー二名が、プライベートジェットで一昨日極秘に来日していた。この二名は実行部隊でその道では有名なコンビだ。今、外事課で行方を追ってる』

話を聞いていた昂平は、背中に嫌な汗が伝い落ちるのを感じて眉根を寄せる。

「……浅草」

『浅草？　なんのことだ』

同期の声を無視して思考する。

一昨日に来日していたということは、実行部隊は昨日一日国王の周辺を観察していたに違いない。昨日国王は外出しなかったため、手の出しようがなかっただろう。

「今、国王は浅草にいる。ひょっとすると、そいつらも浅草にいるかもしれない」

『なんで国王がこんな朝から浅草にいるんだよ！』

驚いている同期に、「馬鹿だからだろ」とにべもなく答え、さらに続ける。

「外事のやつを何人かこっちに寄越せ。国王か実行部隊のどっちかを確保しないと、冗談じゃなく暗殺されるかもしれない」

おとなしくホテルにいてくれればよかったが、安全な場所から自ら脱走してしまった。

相手が警護対象者ではなく、自分が職務中でなければぶん殴っていたところだ。

『わかった。手の空いてるやつを浅草に向かわせる。実行部隊のふたりの顔写真はメールする。ほかのＳＰに共有してくれ』

「了解」

通話を切るとすぐに携帯に画像が送られてきた。実行部隊と呼ばれる男二名の顔写真である。すぐにそれを先に浅草に到着しているＳＰ四名の携帯に送り、ボディーガードにも共有した。そして、ホテルにいるボディーガードにも送るように告げ、ホテル周辺の警戒をするように伝える。

さらに昴平はホテルの支配人に連絡し、実行部隊二名の画像を共有した。「この二名を発見したらすぐに報告を」と伝え、ホテルの館内や駐車場などの防犯カメラに映っていないかの確認も頼んだ。

詳細を説明していないが、何かが起きているのは悟っているのだろう。支配人は何も尋ねずに防犯カメラの件を快諾してくれた。

（何事も起こってくれるなよ）

危機管理能力の足りない人間の警護は、通常よりも神経が磨《す》り減る。ただでさえ暗殺されようとしている張本人が、ボディーガードもつけずに外出するなどありえない。

来日した初日から嫌な予感はしていた。『私は息抜きに日本へ来たんだ』という国王の言葉が引っ掛かり、部下に『間違っても抜け出さないように見張っていろ』と命じている。

先の国王の発言が気になったのは直感だ。だが、昂平のこの手の〝勘〟は、ほぼ外れることがない。

国王が以前即位前に来日したときは、暗殺計画などなかった。そのため警護は厳重ではなく、即位前ということもあってある程度自由な行動が許されていた。

しかし今は、あのときと状況が違う。

日本にとって重要な国の王である。この国で暗殺などされては、日本の安全神話は崩れ、警察の威信《いしん》も地に落ちるだろう。

（まったく、勘弁してくれ）

心の中でひとりごちるも、それが表に出ることはなかった。

多少渋滞はあったものの、ほぼ予定時刻に雷門に到着した。

ボディーガードらには、事前にタクシーの中で浅草寺《せんそうじ》と仲見世通りを中心に捜すよう伝えた。土地勘がなく日本語を話せない彼らは、わかりやすい場所にいてもらったほうが後にピックアップしやすい。

雷門の前に着くと、時計を確認する。午前八時半。徐々に仲見世通りの店が開く時間だ。

三十分後に雷門前に集合することを約束し、いったんボディーガードらと別れた。

先に捜索を開始しているSPは、今は人力車の会社をあたっている。国王らしき人物を乗せたなら、連絡するよう手を回していた。

(どこにいるんだ？)

自分が外国人だったら、どんな場所を観光したいか。昂平は国王の思考をトレースすべく考えを巡らせ、周囲に視線を走らせる。

(前回の来日では歌舞伎《かぶき》を見に行っていたな)

今回、国王は浅草を選んだ。外国人は、〝日本らしい〟場所や物に惹かれる傾向がある。国王の場合もそうだと見て差し支えないだろう。

昂平は、雷門から本堂へ向かうため、仲見世通りを歩いた。

まだ時間が早いため、観光客の姿もまばらだ。道を行き交う人々を眺めながら進んでいき、本堂の前までやってきた。だが国王の姿はなく、ボディーガードたちがうろついている姿があるだけだった。

（人力車に乗ったか？）

使用人にわざわざ言うくらいだ。浅草に着いて真っ先に乗った可能性もゼロではない。しかし、外国人にとって浅草といえば雷門のイメージが強いはず。日本人だってそうだ。だから昴平は、浅草寺周辺を重点的に捜索することにしたのだが。

（スカイツリーまで足を延ばしたとは考えにくい。どこかで食事をとっている可能性もあるな。そうなると、この辺りで空いている店は……）

昴平は外事課の同期にメールし、現況を伝えた。国王がまだ見つからないことや、実行犯らしき人物も見かけていないことなどだ。

報告を終えると、今度はホテルの支配人から新たな情報がもたらされた。

やはり実行犯のふたりは、昨日ホテルに顔を見せたようだ。車を地下駐車場に停め、建物の周辺を観察していたところが映像に残っている。

（実行犯も十中八九浅草にいるな）

足と視線は止めずに考えていると、本堂から脇道へ抜けていくカップルらしいふたり組の姿が目に留まった。

（あれは……！）

昂平は、弾かれたようにしてその場から駆けだした。

スーツを着た国王と使用人の女が、薬師堂《やくしどう》の方向へ歩いて行くのが見えたのだ。

「国王！」

すぐに追いつき、国王の肩に手をかける。それと同時に片手に握っていた携帯を操作し、SPとボディーガードをこの場に呼び寄せた。

「あなたは、ご自分がどういう立場かわかっていらっしゃらないんですか！」

職務中は常に冷静沈着で声を荒らげたことなどなかったが、今回はさすがに看過できない。

国王は、「意外と早かったな」と、こちらの焦りなどどうでもいいというように笑った。

「私が囮《おとり》になれば、暗殺グループも動くのではないかと思ったんだよ。いい加減、命の危険に晒されて過ごすのはうんざりしていたからね。だから使用人にも、ちゃんと行き先を話しておいただろう？」

「それで命を落としたら元も子もない。日本で暗殺なんて起こされると正直に申し上げて迷惑です。国際問題に発展しかねない」

「君のそういう正直なところが気に入っている。だからよけい手元に置きたい。我が国へ来て娘婿《むすめむこ》にならないか？」

「お断りします。興味がありません。私には婚約者がいますので。この前も申し上げたはずですが？」

「心変わりしないかと思ってね。私は前向きなんだよ」

まったく反省していない国王の様子にうんざりする。

結局のところ、囮云々の話は方便だ。

スイートルームで詰問《きつもん》した際に使用人は、『国王は、ここ数日退屈しておいででした』と証言している。八日間何事も起こらなかったため、気晴らししても問題ないと踏んで外出したのだろう。

「とにかくホテルに戻りましょう。あと少し時間が経てば、観光客が増えてくる。人混みでは危険が増します」

「わかったよ。人力車にも乗りたかったがしかたないな」

残念そうにため息をつく国王を冷ややかに見据え、内心でため息をついた昂平は、会話をしつつも周囲への警戒を怠らず、本堂の方角へ歩き出した。

本堂の前まで行けば、国王の私的ボディーガードと合流できる。

人力車を調べていた昂平の部下も、そう時を置かずしてこちらに向かってくるはずだ。あとは協力を仰いだ外事課への連絡だが、国王を安全な場所へ連れて行くほうが優先である。

暗殺グループの実行犯の捜索は、外事課に任せればいい。ＳＰはあくまでも警護専門で、捜査や逮捕《たいほ》を警護課は望まれていないのである。

「暗殺グループについてですが、実行部隊の姿がホテル周辺で目撃されています」

緊張感を持たせるために告げると、国王の顔色が変わった。

「やはり来ていたのか」

「ええ。ですから、帰国までの間は、ホテルで過ごしていただきます。よろしいですね」

これは打診ではなく決定事項である。言外にこめて国王を見据えたとき、ボディーガードが駆けつけてきた。

「国王！　ご無事ですか！」

「ああ、すまん。私は大丈夫だ」

国王たちの会話をききながら、昂平はボディーガードに「移動しましょう」と陣形を取らせ、国王を取り囲むようにして立たせた。

「本堂を横切り二天門《にてんもん》から出ます。私の部下が馬道通り《うまみちどお》りに車を回してくるので、ホテルへは彼らと戻ってください」

左手に本堂を見ながら通過すると、正面に二天門が見える。その先の馬道通りには、四名の

ＳＰのうちの二名が、車を調達して駆けつけていた。

（これでひとまず安心か……）

皆の意識が前方へ向く。あと少しで二天門を抜ければ、あとは国王を車に乗せるだけ。

この場にいた誰もがそう考え、ほんのわずか集中力が弛緩する。

しかしそのとき、昂平は強烈な寒気を覚えて立ち止まった。それは直感のようなもので、他の誰にも説明しようがない。

「っ！」

昂平は素早く視線を巡らせた。前方と後方には一般の参拝客がまばらにいる。それらの光景に不自然さはない。

（……誰かに見られている？）

左手には、木々に囲まれた浅草神社の鳥居《とりい》がある。前方と左右に目まぐるしく視線を移動させていた昂平は、反射的に叫んでいた。

「伏せろ！」

昂平の声に反応したボディーガードらは、国王の四方を取り囲んだ。文字通り壁になり、スーツの懐に片手を差し入れる。

それと同時に、長閑《のどか》な朝の空気を切り裂くような銃声が鳴り響き、鳥居側にいたボディーガードが倒れ込む。すると、周囲にいた参拝客が異変に気づき、ざわめきが広がった。

「ちょっとあそこ、人が倒れてる！」「何かの撮影《さつえい》？」――そんな声を聞きながら、昂平はボディーガードに怒声を放つ。

「応戦はせずに国王を囲んだまま馬道通りへ急げ！」

（こんな場所で銃撃戦なんて冗談じゃない……！）

少ないとはいえ一般人もいる中で銃撃戦になれば、巻き添えにしないとも限らない。

銃弾は浅草神社の鳥居付近から飛んできた。十中八九、暗殺グループの実行部隊だ。

全神経を集中させて目を忙しなく動かすと、木の影からこちらに向いている銃身が見えた。

SPが持っているような短銃ではなくライフルだ。

この辺りには遮蔽物《しゃへいぶつ》がない。そのうえ射程距離《しゃていきょり》も長いライフルで狙われては防ぎようがない。

ふたたび銃声が響き、ボディーガードの一名が膝から折れる。昂平はスーツの懐に右手を差し入れ、ホルスターに収めていた銃のグリップを握った。

SPはふだん防弾チョッキなどは着ていない。武器も警棒と短銃のみで任務にあたる。銃を持った相手に向かうには心もとない状態だ。

今、実行部隊に応戦すれば、命の危険にさらされるのは間違いないが、国王が二天門を潜る時間さえ稼《かせ》げれば目的は達成される。

迷ったのは一秒にも満たない時間だ。

昂平は覚悟を決めると銃を取り出し、地面を蹴った。

＊

同日、昼。フロント業務に就いていた七海は、チェックアウトのゲストを送り出し、ほっとひと息ついた。

（今日はアクシデントもないし、客室の稼働《かどう》率もそう多くない。無事に仕事が終わりそうでよかった）

安堵した七海だが、あと少しで昼休憩という時間になったところで、スタッフが携帯している館内専用端末に業務連絡が入った。

主に周辺で事件や事故が起きた場合、スタッフ全員にニュースが共有される。特にフロントは一番ゲストと関わる頻度《ひんど》が高いため、こうした情報は重視している。

七海はバックヤードに入ったタイミングで、端末を確認し――目に飛び込んできた情報に息を詰めた。

『本日午前九時ごろ、浅草の浅草寺付近で発砲《はっぽう》事件発生。対応にあたった警視庁警備部警護課の職員が重傷《じゅうしょう》。犯人はその後警官によって逮捕』

（えっ……！）

『警視庁警備部警護課』の文字に、心臓が嫌な音を立てた。それは、昂平が所属している部署だったから。

（職員が重傷？　まさか昂平さんじゃないよね？）

嫌な予感が脳裏を掠める。

浅草の浅草寺といえば、海外からのゲストにも行き方をよく尋ねられる有名な観光地だ。

先日、木村からもたらされた国賓が滞在しているホテル『エヴァンジェリスト』からは、車を使えば三十分はかからずに着く。もしも本当に昂平がホテルに滞在する国賓の警護をしているのなら、観光に付き添うことも十分考えられる。

（まだ昂平さんが怪我をしたってわけじゃない。別の人かもしれないし、落ち着かないと）

自分自身に念じながらも、不安が胸に広がっていく。

七海は彼からもらったお守りをポケットから取り出すと、ぎゅっと握り締める。思い出されるのは、彼の兄・晋平から聞いた話だ。

『この部屋に極端に物が少ないのも、「もしも職務中に何か不測の事態に陥ったとき、身辺整理で家族が困らないように」』

――彼の部屋に必要最小限の生活用品しかないのは、職務に対する覚悟の現れ。仕事中に命を落とす可能性を考え、あの部屋に物を増やさなかった。

昴平が何事にも即断即決なのは、常に危険ととなり合わせの職種だからだ。

何があろうと後悔のないように過ごすため、彼は迷いを排して生きている。それは、恩人だという人を亡くした経験も関係しているのだろう。

（でも……）

そんな彼が、七海にプロポーズしてくれた。

婚約破棄が原因で男性不信気味になっている七海に手を差し伸べてくれたのは、彼の兄が言うように過去に出会っていたことも理由のひとつかもしれない。

けれど、この先に『不測の事態』に陥ったとき、後悔しないために七海を選んでくれたのではないかと思う。

彼の人生に関わることを許される存在になれて、幸せの絶頂だった。しかし、もしもこの先昴平の命が失われるようなことがあれば、七海はもう立ち直れない。

（……大丈夫。今は自分の仕事をまっとうしないと）

七海は震えそうになる手を握り締め、フロントに戻った。

その日の夜。自宅に帰った七海は、ニュースサイトを読み漁った。

だが、ホテルで共有された情報以上の話は出てこない。ＳＮＳでリアルタイムに呟かれている話題も調べたが、たいていのユーザーはニュースサイトを引用して感想を述べているだけで、目ぼしい話はなかった。

唯一出てきたのは、浅草寺の近隣住民がアップしていた動画だ。

付近のマンションの部屋から撮影されたらいその映像は、二天門付近に数台のパトカーや救急車が停まっているのが映っていただけで、詳しい状況はつかめない。

二天門の周辺には規制線が張られていて、警官らしき人たちが忙しなく動いていた。わかったのは、その程度のことだ。

（ニュースでも続報は流れていないし、昂平さんからも連絡がない。いったいどうやって安否を確認すればいいの……？）

時間が経つにつれ、胸に不安が広がっていく。

もしも重傷を負ったＳＰが昂平だったなら、自分はどうすればいいのか。——何を、するべきなのか。

どうすることもできないもどかしさで、胸が押しつぶされそうになる。ぎりぎりと胃が痛み、吐き気と頭痛でその場に蹲《うずくま》った。

（昂平さん……無事でいて……！）

心の中で叫んだときである。家のチャイムが鳴り響き、玄関から話し声が聞こえてきた。

父の和夫が帰宅したのだとぼんやりと認識した七海は、ハッとして立ち上がると、勢いよく部屋のドアを開けた。

階段を駆け下りて玄関へ向かうと、父母が驚いたように七海を見る。

「どうしたんだ？　七海」

「お父さん、ＳＰの人は……」

「ちょうど今、私を送ってくれて戻ったところだが……」

父の答えを聞き、靴を履く間すらもったいなく感じながら、すぐさまドアを開けると外に出ると、門の外に車が停まっているのが見えた。

大柄の男性が助手席に乗り込もうとしているのを見て、声を張り上げる。

「待ってください……！」

七海が声をかけると、男性の動きが止まった。足がもつれそうになりながら車まで駆け寄ると、男性を見上げる。

昂平よりも肩幅があり、体格がいい男性だ。眼光が鋭く、見るだけで威圧感がある。

以前であれば、こうして自分から男性に声をかけることはなかったが、今は切迫している。昂平の無事を確かめたい一心で、七海は男性に頭を下げた。

「突然申し訳ありません。香月和夫の娘で、七海と申します」

「香月長官のお嬢さん……」

男性は少し驚いた声で答えると、背筋を正す。

「ご挨拶が遅れました。私は、警視庁警備部警護課に所属しております小室です。先日長官付きSPから退いた水嶋と何度かこちらにお邪魔させていただいていましたが、直接お話しするのは初めてですね」

小室は大きな体格と鋭い目つきに反して、気さくな人物だった。彼は首を傾げ、七海と視線を合わせる。

「それで、お嬢さんはどうされたんですか？」

「今日の午前中、浅草寺で発砲事件があったとニュースで見ました。SPのひとりが重傷を負ったと……そのSPは、どなたですか？」

焦る気持ちのまま問いかけると、小室が眉尻を下げた。

「それは……申し訳ありませんが、お教えすることはできません」

「無理を承知なのはわかっています。でも、どうしても知りたいんです。……あなたにご迷惑はおかけしません。水嶋さんが無事かどうかだけでも教えていただけませんか？」

「水嶋さん……？」

昂平の名が出たことで、小室の顔つきが変わった。彼はどこか窺うような眼差しで七海に問うてくる。

「もしかしてお嬢さんは、水嶋さんの恋人なんですか？」

「はい」

迷いなく即答し、小室を見上げる。

「ニュースを知って心配しているんですが連絡がつかなくて……水嶋さんが無事かどうかだけでも教えていただきたいんです。お願いします……！」

今の七海が彼の安否を知るのは、小室に頼み込むしかない状況だ。会いたいなどと無理は言わない。無事だとわかればそれでいい。その一心で小室を見上げると、車の運転席にいるＳＰが怪訝《けげん》そうにこちらを見ていることに気づく。

そもそも彼らは父の警護をするＳＰで、家族である七海とは接点はない。にもかかわらず引き止めているのだから、怪訝に思われてもしかたない。

それでも食い下がるのは、昂平を案じているから。彼への想いに衝き動かされ、これまでは考えられないような強引な手法を用いている。

「『美人だし性格もいいし、最高の女だ。俺にはもったいないくらいにな』」

「え……」

「水嶋さんが、恋人のことをそう説明してくれました。あなたのことだったんですね」

小室はいかつい顔に笑みを浮かべると、ひとつ頷いた。

「香月長官からお嬢さんと同じことを問われたなら、私もすぐにお伝えしていたと思います。でも、お嬢さんはそうされないんですね」

「無我夢中で……そんなこと、考え付きませんでした」

たしかに、和夫経由であれば彼について情報を得られる可能性はあった。父のことすら思いつかなかったのは、それだけ動揺していたからだ。

「わかりました。どうぞ、乗ってください」

後部座席のドアを開けた小室は、七海を中へ促した。

「私は係が違うので、詳細は聞いていません。ですが、負傷したＳＰが収容された病院は知っているので、そちらへお連れします」

「……いいんですか？　ご迷惑になるのでは」

「構いません。水嶋さんは尊敬している先輩です。無事かどうかは気になりますし、何よりもお嬢さんはあの人の恋人でしょう？　だったら問題ありません。問題があるようなら、水嶋さんが呼んだことにすればいいですし」

小室の発言にギョッとすると、彼は人懐っこい笑みを浮かべた。

「お連れします、どうぞ」

「ありがとうございます……！」

七海は小室の申し出に感謝し、車に乗り込んだ。


その後小室は、東京警察病院に連れて行ってくれた。

警察職員やその家族も利用でき、一般の診察も行っている。しかし今はとうに診療時間は過ぎていて、待合室も薄暗い。

「警護課の職員について話を聞いてきます。少々こちらでお待ちください」

「何から何までお世話になって申し訳ありません」

彼がいなければ、病院の中に入ることができなかった。礼を告げると、「水嶋さんに貸しをひとつ作れてラッキーです」と笑い、スタッフルームのほうへ消えていく。

七海は待合室の椅子に腰かけると、震えを押さえるように膝の上で拳《こぶし》を握る。

同じ警護課の小室でも、昂平についての情報を得ていなかった。係が違えば当然だ。彼でさえ詳細がわからないのだから、一般人の七海が彼の安否を知るのは難しい。

（ＳＰがこんなに危険な仕事だなんて……わたしの認識が甘かったんだ）

父の職業柄、ＳＰを見かけることはままあった。けれど、彼らの仕事内容を本当の意味で知っていたわけじゃない。

危険に晒されながらも、日夜ＳＰは職務に励んでいる。そして時には、今日あった事件のように、命を脅《おびや》かされることもある。

今日事件の発生を知ってから、ずっと胸が張り裂けそうだった。それでも仕事をまっとうできたのは、職務に対する彼の矜持と覚悟を知っていたから。あの人のように強くありたいと思うから、頑張り切れたのだ。

視線を下げると、祈るような姿勢になって時を待つ。

するとしばらくして、床をたたく革靴の音が少し離れた場所から聞こえてきた。

顔を上げた七海は、音のするほうに目を向ける。視界に入ってきた人物を確認し、じわじわと目の奥が潤んでくる。

「昂平さん……！」

勢いよく立ち上がると、彼に向かって駆けていく。大きく逞しい胸に飛び込むと、昂平は驚きながらもしっかりと抱き留めてくれた。

「七海……どうしてここに？」

「小室さんに、聞いたんです」

七海は、小室に無理を言い、昂平の安否を知りたいと食い下がったことを伝えた。

「ホテルで共有されるニュースで、浅草で起きた発砲事件でＳＰが重傷を負ったって聞いて……気が気じゃなくて。小室さんは、わざわざわたしをここまで送ってくれたんです」

「だから小室は、『恋人に無事な顔を見せてあげてください』なんて言ってたのか」

納得して苦笑を零すと、彼は気遣わしげに七海を見つめた。

「……心配させて悪かった。重傷を負ったのは、俺じゃなく別のやつだ。ちょっと長くなりそうだから座って話すか」

促されて椅子に座ると、昂平は事件のあらましを簡単に説明してくれた。

国賓の警護を担当していることや、警護対象者を狙って発砲事件があったこと。その際、同僚のＳＰが犯人の放った銃弾で負傷したという。

「命に別状がないのが不幸中の幸いだった。さっき意識も回復したし、回復すれば職場に復帰もできるって話だ。……でも今回は、さすがに肝《きも》を冷やしたな」

かすかな明かりに照らされた彼の顔は、疲労が色濃く出ていた。七海は、昂平が無事だった安堵と、一歩間違えば彼が重傷を負ったかもしれない恐怖で指先が震える。

「昂平さんが無事で……安心しました……」

気を抜けば涙が出てしまいそうだった。泣けば彼が気にすることはわかっているから、なんとか堪えたものの、声の震えは誤魔化せなかった。

彼は七海の手を片手で包み込み、静かに続けた。

「連絡もできなかったし、怖い思いさせたな。でも、この先もきっと同じようなことが起きないとは言えない」

昂平の目が七海に向いた。嘘やごまかしのない事実だけを語っていると伝わってくる、真摯な表情だ。

「本物の恋人になったときもプロポーズしたときも、伝えてなかったよな。ふつうに生活してたら発砲事件の現場に居合わせることもないし、命の危険に晒されることもめったにない。だけどこれが俺の職業なんだ」

決然と言い放った昂平は、七海から視線を逸らさず言い放つ。

「SPは身体を盾にして警護対象者を守ることもある。今日みたいなことがまたないとは言い切れない。きっとあんたを心配させる。――それでも、結婚してほしい。俺がこの先も一緒にいたいと思うのは七海だけだ」

それは、二度目のプロポーズだった。

時に危険をはらむ職でありながら、ＳＰとして誇りを持ち、職務をまっとうしている。昂平の想いを直接聞いたことで、彼を支えていきたいという気持ちが強くなる。

「わたしは、あなたと生涯を共にしたい。だからプロポーズを受けたんです。それがわたしの〝覚悟〟です」

不安になることもあるだろうし、会えないことで寂しくなることもあるだろう。

それでも、彼と離れようとは思わない。七海にとって昂平は、なくてはならない人だから。

「……やっぱりあんた、最高の女だ」

昂平は表情を和らげると、七海を優しく抱き寄せた。

ゆっくりと近づいてくる顔には、もう疲労の影は見られなかった。もしも自分の〝覚悟〟が彼の心を上向かせたのなら、これほど嬉しいことはない。

吐息の交わる距離になると、彼が薄く唇を開く。もう幾度となく口づけられたことで、これがキスの合図だとわかっていた。

そっと目を閉じると、柔らかな唇が重ねられる。

激しさはなく、お互いに労わり合うように唇を啄むと、静寂の中にリップ音が響く。お互いの頬に手を添え、角度を変えながら何度もキスを交わす。

唇から彼の熱が伝わり、彼と触れ合える幸せを実感した。

「……仕事が残ってなきゃ、このままふたりで家に戻れたのにな」

「あとどれくらい残ってるんですか？」

「約一週間だ」

肩を竦めた昂平に、七海は笑顔を向けた。

「わたし、昂平さんが仕事が終わるのを待ってます。何かスイーツを用意しておきますね」

昂平に告げた七海は、思い出したことを伝えた。

「そういえばこの前、昂平さんのお兄さんにお会いしました」

「兄貴に？　なんでまた……」

「わたしと話したいって、わざわざ訪ねてきてくださったんです。弟想いのいいお兄さんですね。それに、昂平さんによく似ていました」

今伝えなくてもいいことだが、他愛のない話をしたかった。昂平に、少しでも安らいでほしかったのだ。

「……まさか兄貴が来てたとは思わなかった。悪いな、相手させて」

「いえ。昂平さんの昔話をいろいろ聞きましたよ」

「変なこと言ってねーだろうな、兄貴。油断も隙もねぇ」

彼は兄の来訪に驚いていたが、七海の話を聞いている間リラックスしていた。

（お互いの気持ちを確かめたことで、絆が強くなった気がする）

きっとこの先何があろうと、ふたりで乗り越えていけばいい。

昂平といられる喜びを噛みしめた七海は、今日この日感じた気持ちを一生忘れないと胸に誓った。

＊

暗殺未遂事件から六日後。

国王の帰国日当日になり、昂平は挨拶をするためにスイートルームのリビングに足を踏み入れた。

「国王が無事国に戻られることを嬉しく思います」

「君たちが守ってくれたおかげだよ。……君には迷惑をかけた」

SPが重傷を負ったことを知り、さすがに国王は責任を感じたようだ。後日病院へ赴き、傷を負わせたことを詫びている。

「それが私たちの職務ですから」

本心から答えた昂平は、浅草寺で起きた発砲事件を思い出す。

――浅草神社の鳥居付近に暗殺実行部隊が潜んでいることに気づき、昂平は応戦することに決めた。

国王を安全な場所へ逃すための援護射撃だ。二天門を潜る時間さえ稼げればいい。応戦すれば銃口は自分に向くだろうが、それもSPの職務だ。

実行部隊は、外事課からもたらされた顔写真どおりの男ふたりだった。深く帽子をかぶった男と、禿頭《とくとう》の男である。

二名の意識は完全に国王とSPに向き、昂平が鳥居に駆けているのも気づかない。

(チャンスだ)

短銃の飛距離でギリギリ相手に届くところで足を止め、銃を構える。迷っている暇はない。

一瞬の躊躇が命取りになる。

まず手前の禿頭の男に向かって引き金を引いた。狙うのは手だ。銃さえ撃てなくしてしまえば、国王は無事に逃げ切れる。

射撃場のレーンに立っているときと同じ気持ちを心がけ、引き金を絞った。

銃声が響くと同時、手前にいた禿頭の男が手首を押さえて蹲ると、帽子をかぶった男の意識が一瞬昂平に向くが、ふたたびターゲットに照準を定める。近づく昂平に構わずに、今にも二天門を潜ろうとしていた国王とボディーガードへ向けて数発ショットした。

「っ！」

彼らの無事を確認する余裕はない。昂平は帽子の男を射程距離に捕らえると、再度銃を放った。銃弾は男の肩口に命中し、ライフルを地面に落とす。

そこからの動きは早かった。銃を拾おうとしていた禿頭の男と帽子の男から銃を遠ざけ、敵を制圧するための柔術《じゅうじゅつ》を駆使する。

応戦しているうちにほかのＳＰやこちらへ向かっていた外事課の警官が到着し、暗殺を防ぐことができたのだった。

「――国王を無事にお見送りできることを嬉しく思います」

一礼した昂平に、国王がやや声をひそめる。

「……勝手に抜け出して悪かった。私の女に、少しでも日本の空気を味わわせてやりたい一心だったんだ」

国王がホテルを抜け出した時に連れていた女性使用人は、彼の恋人なのだという。

やはり、自分が囮になれば暗殺グループも動く云々は、方便だったようだ。

「こういう立場だから、公に恋人だと言えなくてな。せめて異国の地で、恋人らしい振る舞いをしたかった。だが、そのために君の部下の命を危うく奪ってしまうところだった」

「その件については、充分謝罪していただきましたし、本人も気にしていません」

重傷を負ったSPは、門の外に車を用意していたSPだ。一国も早く国王を保護しようと駆けつけた結果、帽子の男が放った数発のショットをその身に受けてしまった。

SPの負傷は、あの状況化では防ぎようがなかった。それは、警視庁の幹部の間でも一致している見解だ。

そして、国王の口添えがあったことも理由のひとつに入っている。

国王は、SPの一件で責任を感じていた。そこで、警視総監に『警護課のSPには世話になっている。くれぐれも厚遇するように』と言い含んだ。

日本では、ただの威嚇《いかく》射撃ですらニュースになることを国王は知っていた。以前警護した際、昂平が話したからだ。

それならば、と、国王は昂平を私的ボディーガードに誘うようになったのである。

「お口添えいただいたおかげで、始末書を書かずに済みました」

「そんなことは当然だ。君たちは、私の命の恩人なのだから。君たちの働きで、私を狙っている暗殺グループの全貌もつかめそうだ」

「それは何よりです」

国王にとって、暗殺の実行部隊の身柄を確保したことは大きな収穫だった。「それだけで日本に来た甲斐がある」と言われると、昂平としては少々複雑なのだが。

「帰国されても、どうかボディーガードの目を盗んで部屋を抜け出したりしませんように。彼らも我々ＳＰ同様に、国王を命がけでお守りしていますす」

「そうだな。彼らにも迷惑はかけられん。帰国したら褒賞《ほうしょう》を与えよう」

鷹揚に笑った国王は、昂平に手を差し出した。

「また会おう。今度会うときは、君が結婚したあとになるだろうが」

「ええ、そうですね」

「ぜひ次は、奥さんを紹介してくれ。君を射止めた幸運な女性をこの目で見たい」

「彼女が私を射止めたわけじゃない。私が、彼女を射止めたんですよ」

すかさず訂正すると、「君が他人に惚気られる男だったとは」と驚いている。

「なるほど、私の誘いに乗らないわけだ。残念だが、娘には君を諦めてもらうとするか」

昂平は「恐縮です」と答え、差し出された手を取って握手を交わす。

この警護が終われば、次の国賓来日までは身体が空く。ようやく、七海と過ごす時間が取れるのだ。

笑みを刻むと、国王と再会を約束してスイートルームを後にした。

成田空港まで国王を送ると、本庁へ戻った。すると、警護課で事務仕事をしていた小室と出くわす。

「水嶋さん、お疲れ様です。今回の国王の警護は本当に大変でしたね」

「そうだな。銃撃戦になるような事態なんて、そうそう起きてほしくない」

だが、半月に渡る警護もようやく終わった。長期の警護に就いたときはいつもこうだ。解放感と疲労が混じり合う身体を休ませるように、ソファに腰を下ろす。

「これだけハードな仕事はもうしばらくやりたくねぇ」

宙を仰いで誰にともなく呟くと、小室がどこか楽しげな声を上げた。

「けど、水嶋さんはいいじゃないですか。あんなに綺麗な恋人がいて。香月さん、すごい心配してましたよね」

七海の名を聞いて反射的に目を向ければ、小室はニヤニヤと笑っている。

普段であれば相手にしないところだが、今回小室には世話になったため強く出られない。

こういうときは無視に限ると、あえて返事をせずにいると、後輩はここぞとばかりにからかってくる。

「おふたりとも美男美女でいいですね。それに水嶋さん、すごい愛されてるじゃないですか。香月さん、水嶋さんの心配して必死だったんですよ？」

「あー、うるせぇ。言われなくてもわかってんだよ、そんなこと」

七海に愛されている自覚はあるし、心配させた負い目もある。

だが、彼女は、今後も不安や心配がなくならないことを知りながら、昂平を選んでくれた。すげなく答えた昂平だが、小室に感謝もしている。

この男が七海を病院まで連れてこなければ、彼女をもっと不安にさせていただろう。

「借りは返す。何が食いたい」

「え？」

「このまえ、飯食いに行かなかっただろ。世話になったのは事実だから、なんでも好きなもんを奢ってやるよ。いつがいい？」

昂平の提案に、小室は嬉しそうに頷いた。

「それなら、香月さんも呼んで飯食いませんか？　おふたりの馴れ初めとか聞きたいですし、俺も水嶋さんの話聞きたいです」

「却下。調子に乗んな」

冷ややかな目を向けるも、小室は不服そうだった。

「水嶋さんがデレデレしてるとこ見ようと思ったんですけど」

「なおさら一緒に飯食わせねぇ」

「それなら、結婚式で見るからいいです。呼んでもらえますよね？」

「さぁな。気が向いたら呼んでやる」

軽口をたたきながら、ふと笑みが浮かぶ。

こうして後輩と馬鹿馬鹿しい話ができるのも、無事に任務を終えられたからだ。

しみじみと感じながら、報告書を作成するために腰を上げる。

（やっと七海と結婚式の話を進められるな。いや、その前に両家の両親へ挨拶か）

決めておかなければならないことが大量にあるが、それは幸せな忙しさだろう。

自覚した昴平は、彼女が待っていてくれる自宅へ急ぐべく、報告書を片付けるのだった。

＊

（昴平さん、あと少しで帰ってくるかな）

七海はそわそわと玄関に目をやりつつ、彼の帰りを待っていた。

病院で約束したとおり、彼の仕事が一段落する日に合せてスイーツを作った。昂平の疲れを少しでも癒したかったため、甘いものをたくさん食べてもらいたいと思ったのである。

今日用意したのは、加藤直伝《じきでん》のオランジェットだ。初めて昂平と加藤の店に行ったときに食べたスイーツだが、今となっては懐かしい気さえする。

彼と過ごした日々を思い出していると、玄関の鍵が開く音がした。

（あっ！）

「おかえりなさい、昂平さん」

「なんか、新婚みたいだな」

玄関へと駆けて出迎えた七海を見て、昂平は両腕を広げた。

「ただいま、七海」

思いきり抱きしめられて驚くも、彼の胸に顔を埋める。一週間ぶりの彼のぬくもりに、胸がときめいてしまう。

「お疲れ様でした。約束どおりスイーツを作ったんです。加藤さん直伝ですよ」

「何作ったんだ？」

「オランジェットです。ちゃんとホワイトソースとふつうのチョコソースの二種類を用意してます」

今日は彼が大きな仕事を終えた日だ。だから、ちょっとしたお祝いのつもりで、料理も豪勢にしている。そう説明したところ、昂平は嬉しそうだった。

「美味そうだな、それ。いつも大きな仕事が終わったら、加藤さんの店に行ってたんだ。けど、これからは七海が待っててくれるならまっすぐ帰る」

「スイーツを作って待ってます。昂平さんがこの部屋に無事に戻ってくるのを」

発砲事件の記憶はまだ生々しく残っている。けれど、不安よりも、一緒に過ごせる喜びを感じていきたいと思う。

「だから、帰ってきてくださいね」

「わかった」

多くを語らずとも、ふたりの間ではそれだけで通じる。今交わした言葉には、多くの意味が含まれていることを。

大切な人と過ごす時間を抱きしめるように、彼の背中に腕を回す。

(こうして彼を出迎えることが、早く日常になればいいな)

薬指に着けた指輪に、そっと願う。すると、身体を離した彼が思い出したように言う。

「今回世話になったから、小室に飯でも奢ってやろうとしたら、七海も一緒に連れて来いって言いやがった」

「わたしはべつに構いませんけど……」

「俺が構うんだよ。あいつ、俺がデレデレしてるとこと見たいらしい。誰が見せるか」

憮然と言い放つと、昂平が七海の背に自分の手を添える。

「とりあえず、立ち話もなんだしリビング行くか」

「そうですね……」

七海は胸を弾ませながら、彼の後ろからリビングに入る。昂平の顔を窺うと、彼は虚をつかれたように約半月ぶりとなる自室の中を見ていた。

「あの殺風景《さつぷうけい》な部屋がこんなに変わるのか。自分の部屋じゃないみたいだ」

「好きに過ごしていいと言われていたので、ちょっとだけ物を増やしたんです」

言いながら、七海は彼の兄との会話をかいつまんで聞かせた。

「昂平さんの部屋に物が少ないのは、『もしも職務中に何か不測の事態に陥ったとき、身辺整理で家族が困らないように』……お兄さんはそうおっしゃっていました。でもわたしは、家はくつろぐ場所になればいいと思って」

だから七海は、この部屋の中に〝色〟を入れることから始めた。小さな観葉植物を置き、モノトーンの部屋の中にグリーンを配置し、食器や調理器具はパステルカラーを選び、リビングから見える場所に収納した。

「結婚すれば、もっともっと物が増えますよ」

「ああ」

昂平はどこかくすぐったそうな顔を見せる。

「今度、両親たちに挨拶しなきゃな」

「はい。お兄さんにも、ご実家に誘っていただきました。ご両親とお話しできるのが楽しみです。どんな方たちなんですか?」

「うーん、どうだろうな。兄貴と似てるかもしれねぇ」

〝結婚〟や未来の話を自然にしながら、ふたり寄り添う。

「両親の挨拶のあとは式場選びだな。あと、七海のドレスとか、招待客選びとか」

「やることはいっぱいありますけど、なんだかワクワクします。ハネムーン先も決めなきゃですね」

「俺は、あんたと一緒ならどこでもいいけど」

(結婚式か……きっと、あっという間なんだろうな)

彼との結婚式を想像し、面映《おもは》ゆさを覚える七海だった。

＊

結婚式当日は、快晴だった。両親や、昂平の先輩の加藤、それに、七海の先輩の木村も列席してくれることになっている。

挙式《きょしき》は親しい人たちだけが来てくれるが、披露宴は予想以上の規模で開かれる。水嶋ホールディングスの関係者や、警視庁の幹部、それに、『ル・ジャルダン』の上司も出席が予定されていた。

先ほどから皆がひっきりなしに控室を訪れてはお祝いをしてくれた。世話になった人々から祝福を受け、昂平の花嫁になれることを幸せに思う。

そのとき、ふたたび控室のドアがノックされた。返事をすると、中に入ってきたのは今日の新郎・昂平である。

(あ……)

彼の姿を見た七海は、思わず椅子から立ち上がり息を詰める。

警察官礼服を着た彼は、いつも以上に格好よかった。黒をベースにした礼服に、金の端緒と肩章《けんしょう》が映えている。礼帽に白手袋を着けている姿は、よりいっそう儀礼感を高めていた。

昂平は礼帽を外すと、七海に歩み寄ってくる。

「最高に綺麗だ」

「昂平さんも……素敵です。つい見入っちゃいました」

彼はスーツもよく似合うが、儀礼服はまた違った雰囲気でドキドキしてしまう。七海だけではなく、誰もが見惚れるに違いない。整った容姿と相まって、まるでおとぎ話の中から出てきた王子様のようだ。

彼を見上げて微笑むと、大きな手のひらがそっと頬に触れる。

「事前の打ち合わせでドレスのデザインは知ってたはずなのに、やっぱり実際に着ているところを見ると感動するもんだな」

目を細めてしみじみと語られ、頬が赤らむ。

七海のドレスは、シンプルなAラインのドレスだ。デコルテから肩口にかけて精緻なレースが施され、上品なデザインになっている。昂平と一緒に選んだもので、珍しく七海はひと目見てこのドレスに決めた。儀礼服を着た彼のとなりに並ぶのにぴったりだと思ったのだ。

即決した七海に昂平は驚いていたが、これも彼の影響だ。『直感です』と答えると、『さすが俺の奥さんだ』と昂平は笑ったのだった。

七海がドレス選びの一幕を思い返していると、腰を折った昂平に顔をのぞき込まれた。

「挙式の前に、ちょっと話したかった」

彼は七海を見つめると、今まで見たどの表情よりも柔らかく微笑んだ。

「あんたが俺を選んでくれて感謝してる。絶対ふたりで幸せになろう」

「はい、もちろんです。それに、お礼を言うならわたしのほうです。昂平さんが『偽装恋人』の提案をしてくれなければ、わたしは誰を愛することもありませんでした。最初から父が知っていたのは驚きましたけど」

父母を安心させたくて昂平と『偽装恋人』になったが、彼は父の和夫に事情を話していた。それにももちろん驚いたが、もっと驚いたのは二年前に水嶋家から縁談が持ち込まれていたことだ。

「わたしが一番弱っているときを昂平さんに見られていたんですね」

「それはお互いさまだろ。七海は、俺がどん底だったときに浮上するきっかけをくれた。七海にとっては、記憶にも残らないような当たり前の親切心だったんだろうけど……俺には響いたんだ。まあ、今思えばひと目ぼれに近いよな」

それは、自分の直感を信じて行動する昂平らしいと七海は思う。こうして今日のこの日を迎えられるなんて、出会ったころは想像していなかった。そう言う意味では、彼の直感は鋭い。

お互いにかけがいのない存在になれたのだから。

七海は、頬に触れている彼の手に自分の手を添えると、思いのままを口にする。

「昂平さん、愛しています。愛を誓う前に言うのも変かもしれませんけど……」

「っ……」

一瞬息を詰めた彼は、自身を落ち着かせるように息を吐き出した。

「さっさと式を終わらせて、早く抱きたい」

言葉はやはり明け透けだが、その分気持ちがストレートに伝わる。彼のこういうところも好きな部分だ。言葉で、態度で、七海を安心させてくれる。

「……式が終わったらすぐハネムーンなんですから、それまで駄目です」

苦笑して窘《たしな》めると、昂平が肩を竦めた。

「それなら今は、これで我慢しとく」

薄く唇を開けた彼は、七海に口づけた。上唇と下唇を軽く食み、最後に角度をつけて深いキスをする。

(誓いのキスもあるのに……)

頭の片隅で思ったものの、結局は嬉しさが勝ってしまう。

舌を絡ませ、お互いの唾液を啜り、粘膜の感触を味わう。ぬるついている彼の舌先は、的確に七海の欲望を煽る動きで動き回ると、しばらくしてようやく解放した。

「誓いのキスだな」

「もう……こんなに熱烈にはしませんよ」

「ふたりきりの誓いだからいいんだよ。神じゃなくて、あんたに誓う。俺は、一生を懸けて絶対に七海を幸せにする」

告げられた瞬間、感激で言葉にならなかった。昂平の言動は、いつもまっすぐに七海の心を射貫く。だから彼に惹かれるのだ。きっとこの先何度も、彼に恋をし続けるだろう。

「……式前に泣いたらどうするんですか」

「七海は泣き顔も綺麗だけど、今日は笑った顔のがいいな」

昂平は七海の頬から手を離すと、礼帽を被った。そして、どこか意地悪に口角を上げ、七海と視線を合わせる。

「お預けされた分、今夜は手加減しねぇから覚悟しとけよ」

色気たっぷりの声と顔付きに、つい胸をときめかせてしまう。どぎまぎしたとき、「涙は引っ込んだな」と、目尻にキスを落とされた。

ハネムーンは、ハワイに行くことになっている。海辺にあるヴィラが新婚向けのプランを企画しており、観光もしやすい立地とあって宿泊を決めたのだ。

「そろそろ時間だな」

昂平が壁にある時計に目を向けたとき、控室のドアがノックされた。式場のスタッフが、彼を呼びにきたのだ。

「ご新郎様、チャペルへの移動をお願いいたします」

「それじゃあ、チャペルで待ってる」

「……はい」

いよいよ挙式が始まると思うと緊張するが、彼がとなりにいてくれたら乗り切れる。

微笑みを交わして昂平を見送ると、あとわずかの時を経て彼の妻になる喜びに浸る七海だった。

エピローグ

盛大な挙式披露宴が行われたあと、ふたりは当初の予定どおりハネムーンに旅立った。

ふたりで決めた行き先は、ハワイだった。海のアクティビティが豊富で、昂平も七海も心惹かれたのである。

日本からの直行便で夜に出発し、ハワイに到着したのは翌日の昼ごろだった。日本との時差は一時間のため時差ボケはないが、挙式披露宴を経てのフライトだったためさすがに疲れ、初日は滞在するヴィラで夕方までふたりで眠っていた。

結婚式を終えたことに感激する暇もないままハワイへ来たが、少し時間を置いたことでじわじわと実感が湧いてくる。

バスルームで念入りに身体に手入れを施した七海が寝室に入ると、昂平はベッドの上に腰かけていた。

一緒に風呂に入ったものの、彼は先に上がっていた。だが、ハネムーン仕様でたくさんの花々が飾られている中にいるのは居心地が悪そうだ。

「さっき花が届いた。このままだと花で埋もれそうだな」

「昂平さんとお花も似合っていると思います。王子様みたいですよ」

ベッドには、大輪の薔薇《ばら》の花びらが散らされていた。

真っ白なシーツと赤い花びらのコントラストが綺麗だが、その中に座っている昂平もまた一枚の絵画のような美しさがある。バスローブの合わせがはだけた状態でくつろぐ姿は、気だるげな色気を漂わせていた。

(こんなに素敵な人と結婚したんだ)

ロマンチックな雰囲気にうっとりし、幸福感に浸っていたときだった。

ベッドヘッドに背を預けた昂平は、七海に手を伸ばした。

「やっとゆっくりと七海を抱けるな」

「あ……っ」

彼は七海を自身の足の間に座らせると、バスローブの紐を解いて優しく脱がせた。その下はショーツのみしか着けておらず、無防備な胸が晒される。

「俺がどれだけ七海を抱きたかったかわかるか？　もう我慢しないからな」

昂平は待ちわびていたとばかりに背後から胸を揉みしだき、七海の耳たぶを軽く食む。

「あっ……んっ」

乳頭をこりこりと扱かれながら、熱く湿った舌で耳殻を舐められる。

彼に抱かれるのは初めてではないのに、毎回胸がはち切れそうなほど鼓動が跳ねる。まるで、全身で昂平を求めているかのようだ。

「あと少し遅かったら風呂に行こうかと思ってた」

「ど……どうして……急ぐ必要なんてない、のに……」

「わかるだろ。少し触っただけでも七海が欲しくてたまらなくなってる」

ぐいぐいと臀部に腰を押し付けられて、ぎくりとする。

昂平は、その言葉どおりに欲情していた。尻にあたる彼の昂《たか》ぶりはショーツ越しでも感じるほど熱く昂り、脈を打っている。

（あ……）

昂平に強く求められていることを実感し、胎内から愛液が湧き出てくる。

彼に幾度も愛されたことで、すっかり感じやすい身体になってしまったのが恥ずかしい。けれど、同じくらいに嬉しく思う。

まだ触れられていない蜜孔がじくじく疼く。全身が火照っていき、自分の意思ではどうしようもできない熱情が身体の中で渦巻いた。

膝を立ててもじもじと太ももを擦り合わせていると、胸をまさぐっていた昂平に囁かれる。

「七海、四つん這いになれるか？」

「や……恥ずかしい……」

「俺しか見てない。恥ずかしいとこも全部見せろよ」

甘やかな声で促され、脳が揺さぶられたようにくらくらする。

昂平の声は媚薬のようだ。淫らなお願いをされても従いたくなる強制力があり、七海は緩慢な動作で四つん這いになった。

彼に尻を向ける体勢になると、昂平はショーツの脇にある紐を解いた。はらりとシーツの上に落とした布を見て、薄く笑う。

「すげぇな、糸引いてるぞ。七海も俺がほしくてたまらないって感じだな」

「そんなこと、言わないで……ください」

「なんでだよ。七海が感じてるのと同じくらい、俺はすごい興奮してるのに」

彼は両手で尻たぶを掴み、左右に割った。閉じていた肉びらが広がり、蜜孔からとろとろと愛汁が流れていく。

足を閉じたいのに、昂平の手に阻まれて叶わない。淫蜜は太ももに垂れ落ちて、シーツにぽたぽたと流れていた。

「今夜からしばらく誰にも邪魔されずにいられる。今まで我慢してた分も含めて、隅々まで可愛がってやる」

宣言した昴平は、割れ目に口づけを落としたかと思うと、滴り落ちる愛液を舐め啜った。じゅるじゅると派手な音が耳に聞こえ、七海は尻を左右に振る。

「やっ、あぁっ……」

何度抱かれても、秘部を見られるのは慣れない。それなのに、こうして口淫を施されると身体が悦んでしまう。花弁は細かに震え、媚肉がひくひくと蠢く。まるで、彼自身を早く欲しているかのような反応だ。

(気持ち、いい……っ)

七海は叫びたい衝動を堪え、唇を噛みしめる。

自分がこんなふうに乱れるなんて、昴平と出会わなければ知らなかった。

彼と一緒にいると、今まで知らなかった自分を発見する。それに戸惑うこともあるが、不安になったら相談していけばいい。昴平はどんなに些細なことであろうと、すべてを受け止めてくれるから。

「昴平、さん……愛してます……っ、ん！」

照れや羞恥よりも大きな気持ちを伝えるべく喉を絞ると、彼は割れ目から舌を外した。

「そんな可愛いこと言われると、もっと感じさせたくなる」

背中に伸し掛かられて彼の重みを感じると、うなじにキスを落とされた。背筋に沿って唇を這わせられ、全身が甘く蕩けていく。肌に唇が触れるたびに、〝愛してる〟といわれているようで、胎の奥底が締まる感覚がした。

いつも以上に感じてしまい、散っている花びらごとシーツを握り締めたとき、彼は七海の腹部に腕を入れると、尻を突き出すような格好をさせた。

ぬるつく肉筋に逞しい雄茎がひたりと添えられ、上下に擦られる。

先走りと淫らな滴を混ぜ合わせるように腰を動かされ、水音が大きくなっていく。それに比例し、七海の熱はさらに高まっていた。

「挿れるぞ。今日は避妊しない。いいか？」

彼に問われ、小さく頷く。七海もまたそう望んでいたからだ。

七海が意思を示すと、肉筋に埋まっていた昂平の昂ぶりが膨張した。彼の猛りを感じ、期待感でぞくぞくした瞬間、雄槍が一気に挿入された。

「ん、あぁっ……！」

ずぶりと音を立て、一気に根本まで押し入ってくる。媚肉は侵入者を喜んできゅっと吸い付き、彼自身の形がわかるほどに雄茎に絡みついた。

「っ……は……何度抱いても初めてのときみたいにキツいな」

「ンンッ……わかんな……」

「七海がわからなくても、俺がわかってればいい。――俺は、あんたの最初で最後の男だ」

昂平の言葉を聞いた七海は、目の奥が熱くなるのを感じた。

この人が、最初で最後の男でよかったと心底思う。これほど頼りがいがあって自分を愛してくれる男性は、一生を懸けても巡り合えない。

彼は胸のふくらみを鷲づかみにすると、腰をたたきつけてきた。嵩張った肉傘を子宮口に捩じ込まれ、息苦しささえ覚える。抽挿はそのままに乳首を扱かれるものだから、快感を得た身体はしたたかに雄槍を食い締めた。

「んぁっ……」

背をしならせて喉を反らせると、耳朶に彼の呼気が触れた。

昂平の呼吸はどんどん浅くなっていき、比例して腰の動きが速くなる。媚肉を穿られ、乳首を摘まれ、七海の身体は快感の坩堝《るつぼ》と化していた。

どこに触れられても愉悦を覚えてつらいくらいなのに、もっと昂平に求められたいとも思う。

彼に対する愛情は留まることを知らず、毎日上書きされていく。

「こ……へい、さん……っ、もう……達っちゃ……」

胎内で喜悦が増幅し、七海を追い詰めていく。しかし昂平は腰を振りたくり、蜜壁をぐいぐいと押し擦る。

「まだこんなもんじゃ全然足りない。今日だけは俺に付き合ってくれ」

挙式と披露宴を経て、彼もまたいつも以上に高揚していた。

肌を打つ乾いた音が間断なく響き、雄棒で蜜窟をかき混ぜられると、つながりから漏れ聞こえる淫音が大きくなった。

(もう、だめ……っ)

「あっ、ん！　ぁあああ……――っ」

七海は喉を振り絞り、快楽の淵へと昇っていく。しかし、内壁が蠕動《ぜんどう》し雄茎を食い絞るも、彼の漲《みなぎ》りは収まらなかった。

達したばかりの七海を反転させると、今度は正常位で貫いてくる。

「あっ、ま、まだ……」

「悪い……止まらない」

絶頂したばかりで痙攣する胎内をふたたび掘削される。挿入の角度が変わったことで別の快楽が生み出され、びくびくと腹の中がのたうった。

身体はきついけれど、ひどく幸せな気持ちで彼に貪り尽くされる。

（わたしは、この人のおかげで世界一幸せだ）

彼の背に腕を回し、身体を密着させる。汗ばんだ肌が擦れ合うのも心地よく、七海はふたたび達してしまった。

新婚初夜、このうえない喜びを感じながらふたりは何度も身体を重ね――かけがいのない存在だと互いに実感していた。

あとがき

こんにちは、もしくはお久しぶりです。御厨翠と申します。このたびは、『偽装恋人　超ハイスペックPは狙った獲物を逃さない』をお手に取っていただきありがとうございます。

ガブリエラ文庫プラス様からは、『イケメン御曹司とケイヤク結婚!?　新妻溺愛注意報♡』に続き二冊目の刊行となりました。

タイトルにもありますように、本作はSPのヒーローです。私はプロットを立てるとき、だいたいヒーローの職業から決めていきます。仕事をしているヒーローが好きなんですね。どんな職種でも、矜持を持って命がけで仕事をするヒーローが個人的に大好きです。

本作の執筆にあたり、警察関連の参考文献を大量に読み漁りました。読めば読むほどに奥が深い世界で、「この面白さを作品に反映させたい！」という欲が沸々と湧いてきたのですが、お仕事描写を書き過ぎるとTL色が薄くなるというジレンマもあります。書けば書くほど、TL小説の難しさに直面する毎日です。……精進します。はい。

さて。本作は、強引で口は悪いけど優しいヒーローが、ヒロインのリハビリのために『偽装恋人』になり、なんだかんだと囲い込んでいく話です。主人公のふたりは一途で、当て馬が邪魔をすることもありません。ふたりの関係でハラハラするのが苦手な方でも安心して読んでいただける仕様になっております。

当て馬といえば、ヒーローの元カノを出そうとすると、プロットの段階で自己ボツになることが多いです。というのも、だいたい作中のヒーローはスパダリなので「俺が別れるときにあとくされを残すはずないだろう！」と、脳内でヒーローに叱られるんですね。なので、私の作品にはヒーローの元カノがほぼ出てきません。

もしも当て馬の横やりがお好きな方がいらっしゃいましたら、御厨までご一報いただければと存じます。

……話が逸れましたね。すみません。

物事にはタイミングがあり、ほんの少しずれただけでも結果がまるで違うということはままありますが、本作のヒーローとヒロインも出会うタイミングが遅くても早くても縁を結べなかったんだろうな、と思います。

お互いにタイミングが合ったからこそ結ばれるふたりを〝運命〟というのかな、と、昴平と七海を書いていて感じました。

イラストは、天路ゆうつづ先生が担当してくださいました。先生がご担当された作品をよく拝見しておりましたので、今回拙著のイラストを担当していただけて大変光栄です。キャララフのヒーローとヒロインを見た瞬間から、作品のイメージが大きく広がりました。原稿中も、キャララフを頭に思い浮かべながら執筆させてきました。

先生の繊細なイラストが作中にどのように入れていただけるのか、考えるだけで楽しみでなりません。ご縁を頂戴し感謝いたします。

お忙しいところお引き受けくださり、本当にありがとうございました！

ここからは謝辞を述べさせていただきます。

担当様を始めとする、本作の刊行にお力添えをくださった皆様。今回多大なご迷惑をおかけして誠に申し訳ございませんでした……。猛省しております。皆様のご尽力で、なんとか本作を形にすることができました。本当にありがとうございます。

紙書籍、電子書籍を各書店でご購入くださった皆様、この場を借りてお礼申し上げます。

ＳＮＳで購入写真をＵＰしてくださる方々や、ポジティブなご感想で作品を紹介してくださる皆様にも感謝の気持ちでいっぱいです。

たくさんの作品がある中で自著を手に取っていただき、『面白い』と言っていただけるのは奇跡に近いことだと思います。皆様のお声があるからこそ、作品を書き上げられると言っても過言ではありません。執筆中は落ち込んだり迷ったりすることが多々ありますが、そういうときに読ませていただいては励まされます。

拙著が皆様の気分転換になることを願っております。そして、またどこかでお会いできることを心より祈っております。

追記。この原稿を執筆中、いろいろな出来事がありました。熱が出て下がらなくなったり、指や手首が腫れてキーボードが打てなくなったりと、身体の不調に見舞われることが多かったです。現在も毎日痛み止めを飲んでなんとか執筆する生活を送っております。皆様も健康には充分気を付けてお過ごしください。
それでは、またいずれどこかで。

令和二年・十月刊　御厨 翠

偽装恋人　超ハイスペックＳＰは狙った獲物を逃がさない
キャラクターデザイン：天路ゆうつづ
■水嶋昂平■
■香月七海■
SPのバッジ
天路ゆうつづ
先生のキャラクターデザイン♡

スパダリドクターと
なりゆき婚約!?
甘く淫らな恋の治療
Novel 華藤りえ
Illustration えまる・じょん
嘘でもいい。
……好きだと言え
医療秘書の高野優衣は結婚退職を目前に婚約者が別の相手と結納することを知ってしまう。絶望する優衣に手をさしのべたのは、彼の浮気相手の兄である医師、久我和沙だった。元彼に代わり優衣の婚約者役をすると言う久我に頼るのをためらう優衣。しかし彼は強気な態度で彼女をフォローし癒やしていく。「そんな顔をするな。めちゃくちゃに乱したくなる」苦し紛れの挑発から情熱的に抱かれた夜。久我に傾く心を止められない優衣は!?
好評発売中！

甘黒上司のお気に入り
オトナの本気に
蕩かされました
Novel 玉紀 直
Illustration 氷堂れん
ああ、俺の恋人は
最高にかわいくて色っぽい
櫛笥笑美花は父からの見合い話を断るため、憧れている上司、遠山誠史郎に恋人のふりをしてほしいと頼んだ。遠山は引き受ける代わりに自分の言うことに従えと条件をつけてくる。彼に導かれるまま恋人らしい逢瀬を重ね、情熱的に愛される笑美花。「気持ちいいか？　かわいい声が出ている」好きな人から彼女として甘やかされ、特別扱いされて夢見心地の日々。けれど遠山の知人から彼には金持ちのパトロンがいると聞かされてしまい!?
好評発売中！

イケメン
俺様社長と愛され花嫁修業
Novel 池戸裕子
Illustration 八千代ハル
そんな表情をして
俺を煽るな
結婚を急かす母達をごまかすため、レンタル彼氏を頼むことにした沙織。顔で選んだその彼、香山明良は、写真以上のイケメンで一流のオーラを放つ会社社長だった。気後れする沙織の前で香山は如才なく役目をやり遂げ、今度は沙織を彼女役としてレンタルしたいと持ちかけてくる。「今夜は我慢できそうにない」レンタルと言いつつ沙織に触れ、誘惑してくる香山。自分は香山に釣り合わないと思いながらも、彼への思いが募っていき—!?
好評発売中！

身代わり花嫁は社長《イケメン》に甘く籠絡される
Novel 玉紀 直
Illustration 氷堂れん
可愛すぎて
メチャクチャにしたい……！
ホテルの客室係の麻梨乃は、結婚を嫌がる花嫁の逃亡を手伝った責任を取り、一条寺蒼真の花嫁役を務めることに。有名企業の若社長で美貌の持ち主でもある蒼真がどうして花嫁に嫌がられたのか理解できない麻梨乃は、流されるまま彼に抱かれてしまう。「気持ちがいいなら素直に感じていろ」新生活が始まり、身代わりの自分を溺愛してくる蒼真に、とまどいつつもときめく麻梨乃。せめて本当の花嫁の代わりに彼を癒やそうと思うが…!?
好評発売中！

イケメン御曹司とケイヤク結婚!?
新妻溺愛注意報♡
Novel 御厨 翠
Illustration 蔦森えん
もう離さない。
俺の妻はきみだけだ
櫻井侑希は大会社の御曹司の成宮逸樹から、彼の祖母を安心させるための契約結婚を申し込まれた。侑希は祖父の喫茶店への援助を条件にそれを引き受ける。彼の強引さに不安を感じるも、一緒に暮らすと思いがけなく優しく、逸樹も誠実な侑希に惹かれていく。「きみがあまりにも可愛いことを言うから、興奮した」互いに求め合い身体を繋げた夜。本当の妻になってくれと言われ幸せを感じる侑希だが、彼の元婚約者という令嬢が現れ!?
好評発売中！

エリート御曹司と子作り生活
契約結婚につき溺愛禁止です！
Novel 天ヶ森 雀
Illustration 上原た壱
初めて会った時から
ずっと特別な存在だった
本人は平凡だがエリート揃いの家庭に生まれた小鳥遊ハルは、婚活パーティで昔から憧れていたエリート御曹司、九条一也と出会い、優秀な遺伝子が欲しいと口説かれ、子作りのための契約結婚を承知してしまう。「ハルはどこもかしこも柔らかいな」大好きな彼に甘く蕩かすように抱かれ、日常でも優しくされる日々。このままでは子どもができた後の別れが辛くなると、一也に溺愛を止めるよう思わず訴えた途端に、彼が冷たくなって⁉
好評発売中！

ガブリエラ文庫プラス
gabriella plus

MGP-062

偽装恋人 超ハイスペックSPは狙った獲物を逃がさない

2020年11月15日　第1刷発行

著　者　御厨 翠　©Sui Mikuriya 2020

装　画　天路ゆうつづ

発行人　日向 晶

発　行　株式会社メディアソフト
〒110-0016　東京都台東区台東4-27-5
tel.03-5688-7559　fax.03-5688-3512
http://www.media-soft.biz/

発　売　株式会社三交社
〒110-0016　東京都台東区台東4-20-9　大仙柴田ビル2F
tel.03-5826-4424　fax.03-5826-4425
http://www.sanko-sha.com/

印刷所　中央精版印刷株式会社

御厨翠先生・天路ゆうつづ先生へのファンレターはこちらへ
〒110-0016　東京都台東区台東4-27-5 (株)メディアソフト
ガブリエラ文庫プラス編集部気付 御厨翠先生・天路ゆうつづ先生宛

ISBN 978-4-8155-2057-1　Printed in JAPAN